北 岳 诗 库

孔令剑
— 主编 —

俯 首 人 间

LIANG ZHIHONG
WORKS

梁志宏 —————————— 著

山西出版传媒集团 北岳文艺出版社
BEIYUE LITERATURE & ART PUBLISHING HOUSE

·太原·

图书在版编目（CIP）数据

俯首人间 / 梁志宏著 . 一太原 : 北岳文艺出版社，2018.9
（北岳诗库 / 孔令剑主编）
ISBN 978-7-5378-5666-9

Ⅰ . ①俯… Ⅱ . ①梁… Ⅲ . ①诗集－中国－当代
Ⅳ . ① I227

中国版本图书馆 CIP 数据核字（2018）第 200774 号

书　　名：俯首人间
著　　者：梁志宏
策　　划：续小强
责任编辑：关志英
特约编辑：李　飞
书籍设计：张永文
印装监制：巩　璠

––––––––

出版发行：山西出版传媒集团·北岳文艺出版社
地　　址：山西省太原市并州南路 57 号
邮　　编：030012
电　　话：0351-5628696（发行部）
　　　　　0351-5628688（总编室）
传　　真：0351-5628680
网　　址：http://www.bywy.com
E－mail：bywycbs @ 163.com
经 销 商：新华书店
印刷装订：山西万佳印业有限公司

––––––––

开　　本：890mm×1240mm　　1/32
字　　数：131 千字
印　　张：6.25
版　　次：2018 年 9 月第 1 版
印　　次：2021 年 1 月山西第 2 次印刷
书　　号：ISBN 978-7-5378-5666-9
定　　价：38.00 元

策划人语

　　"诗歌出版"是北岳文艺出版社的重要传统。前有"黑皮诗丛",后有"天星诗库",皆为中国当代诗歌杰出诗人之重要出发地。更有"外国名诗珍藏",如今依然为广大诗歌爱好者所珍赏。

　　"北岳诗库"赓续如此光荣传统,其目光聚焦山西诗歌这一繁盛沃土,其旨在于不间断展示山西诗歌创作实绩,更瞩望为山西诗人造一清静小园。

　　"北岳诗库",是我们探求共建共享出版模式的开端。大风吹宇宙,红日照高山。祈愿"北岳诗库",如恒山一般,巍然耸立。

续小强

2018 年 2 月 2 日

近期三人评

（代　序）

◎　陈为人　吴小虫　万龙生

陈为人：回归向日葵与泥土关系的"草根立场"

梁志宏为自己做出这样的职业定位："共和国体制内一个循规蹈矩、也在逐渐嬗变的正统文人。"他还说："我在传记书写中感悟向日葵的意象，对文学创作也有了新的启迪。……新时期西风东渐，凡·高的向日葵让我感受到了生命燃烧的情状。"梁志宏痛定思痛地写下《秋天的向日葵》，把它称为"自画像和心灵近照"："我久久俯视脚下／向养育自己的土地行注目礼／重温脚趾与泥土的契合／回放拔节和开花的情节。／我与这些立秋之后／俯首而立的向日葵兄弟啊／不再喧哗，而默默孕育／报效我钟爱的太阳和土地。"我在《行走的向日葵》中重读这首诗，分明感受到诗人回归到了向日葵与泥土亲密关系的"草根立场"。

2013 年，梁志宏的西欧之旅终于成行，并创作发表了十

1

多首诗，《行走的向日葵》诗集收入五首，且举《凡尔赛宫所见所思》，全诗如下：

镀金栅栏，嵌金廊柱／步入阿波罗太阳神厅／望拱顶太阳神金辇，烨烨耀目／／路易十四，以太阳神的光环加冕／欲像太阳一样展翼飞翔／放言君权神授，横征暴敛无度／／驻足于镀金镶银的镜厅／从镜里看见，极尽奢华的宫廷舞会／转眼路易十六被大革命押上了断头台／／以史为镜，我还看到了什么／从巴黎凡尔赛宫，到北京故宫／该落地的王冠，镀金岂能庇护？！

从梁志宏对凡尔赛宫的沉思中，我们看到，诗人还是那个诗人，太阳已不是那轮太阳了。意象在诗人的意境中升华。我们看到了走出"太阳阴影"的"行走的向日葵"。

（摘自著名作家陈为人评论《一个诗人的心路轨迹——读梁志宏诗集〈行走的向日葵〉》，载《都市》文学2014年第12期）

吴小虫：对世道人心的关注和对自我的反思与期望

纵观梁老师几十年的创作轨迹，他经历了一个由"应制诗人"到俯首大地抒写世道人心，以及晚近对生命、日常的书写过程。他诗歌中的内容、思想、表达方式和特点也在这种过程中蜕变，进而提升。由早期的集中意象"向日葵"到晚期的集中意象"金银木"，现实主义和现代主义的交融，由诗歌而人生，又由人生而诗歌……他并未把诗歌当作一个

"道具"，而是当作身边的一个伙伴，这使得他看上去获得了一个较为圆满的层面，而他一生为文为诗，"写"这个动作，代表了一切，并成为一个美丽的意象。

从类型分，梁老师的诗还有政治抒情诗和日常性的诗的极致。他早期的诗带有"17年文学"的影响，几乎是以赞美为基调，间有刺世和对现实的反思；而到晚近，则大多是日常性的书写，这些书写，是集合他关于历史、神话、现实以及对现实的思考的，在我看来，这些诗篇才是梁老师创作中最迷人的部分。且看一篇近作《母亲出门，说要看看春天》（引诗略），这首诗被选入《2016中国年度诗歌》，读后很难想象一个古稀之龄的儿子对一个耄耋母亲的情深意重，对人世逐渐淡漠但又真切的爱。这样的诗歌还有很多，不止于亲情。诗人经过漫长的跋涉，经过时代的各种冲刷，先是跟随，最后回归，回归到一个人的本身，之后就有了那些从心里沁出的句子。

如之前所说，梁老师比较迷人的诗篇是晚近的日常性书写，再加上这个十二行诗形式的规制，使他的诗从内容到形式有了完整的统一，在气质上显得从容淡定，依然包含着对世道人心的关注以及对自我的反思与期望：

诗圣呵，我是前来拜师的
为曾经的粉饰和浅薄自惭
当秋葵般俯首顿悟，效法前贤！
——《写在杜甫雕像前》

但总体来看，梁老师的诗歌显得平实。在语言特点上，基本都是"大写意"，缺乏更细致的缠绕和语言内部的行走，不得不说这是个莫大的遗憾。当然这无可厚非，"时代"赋予了人最初的面貌，就会成为他最基本的底色，关键是诗人在这个过程中的吸纳和生发，以及最终的转化。

（摘自青年诗人吴小虫评论《从向日葵到金银木——梁志宏诗歌的两种极致》，载《都市》文学2017年6月增刊诗专号）

万龙生：十二行诗与半格律诗的探索之旅

半格律诗的提法人们并不陌生，而且也是一种客观存在，只是人们执念于自由诗、格律诗之争而遭到忽视。其实在新诗中，自由诗与格律诗二者并不是截然分开的两块版图，其间还有一个较为广阔的非此非彼、似此似彼的中间地带，那就是半格律诗（或曰半自由诗）。

志宏兄诗龄已达数十年之久，向有格律倾向。打从2011年起就开始十二行诗与半格律诗的探索之旅，2013年出版的诗集《雪映金银木》就是这一探索的成果。最近，《诗探索》季刊2017年第4辑又发表了他的《岁月十二行诗》十八首，并附一篇创作谈；此前《中国诗人》还发过《时光十二行诗》一组呢。呵呵，都是"集束手榴弹"！这不，时值2017年、2018年之交，他又陆续在网上发布了《暮岁十二行诗》，共计十八首，我都一一读过。同为另一种"70后"，自然人同此心，颇多感应。

读《暮岁》组诗，字里行间，处处凸显出一个大大的"人"字。人生，人情，人性。"我懂雪有一颗素心，草木心／从天际回归大地，与万物为善"：素心，就是本色，纯洁而未被丝毫污染；"与万物为善"乃是大善、至善，这是作者《看雪》的心得。可贵者在于志宏兄不只是咏唱一点个人小情趣，而是在"告别执旗弄潮"之后，"永葆一份家国情怀"，不忘"祝愿国泰民安"。（《平安》）

写诗贵在意象，即通过具体形象"言志"，融入诗人的感情，寓情于景于物，并不直言，让读者自己去心领神会。志宏兄深谙此理，他的诗笔可以役使社会现象、自然景物为其效劳。比如诗人一再咏叹的金银木，就被赋予"坚忍，无畏，蓄势与凛冽酷寒抗争"的人格魅力，（《忍冬》）他把自己化身为一株"脚跟站稳，心劲儿向上"的老树。（《读树》）

志宏兄写的是十二行诗组，为自己规定了每首诗的行数。给一首诗定行无疑是上接中外诗歌传统的：国外有十四行诗、柔巴依（四行诗）、俳句等，中国除众所周知的律诗、绝句之外，其实每一种词牌、曲牌都是定行诗。这是诗规设定的一种限制：既关乎内容，也关乎形式。作者在这样的限制中去完成自己的表达，就必然要做到去芜存菁，冗言务去，使语言具备一定的张力。

（摘自重庆市诗词学会副会长、著名诗人万龙生评论《一种半格律诗的成功探索——喜读梁志宏新作〈暮岁十二行诗〉系列》，载《并州诗汇》2018年第1期）

目 录

上辑 十二行诗

下辑　自由诗

上辑 十二行诗

马年开年（三首）

梦里马嘶声

惊起于凌晨梦境：旷野，河流
马嘶声声入耳！在呼唤我吗
梦里，我在血色夕阳下肃然四顾。

梦里的我总是行色匆匆
既往家园，今日汾岸，更多陌生地
总是负重跋涉，出发或是归途。

屋宇幻化山岳起伏，街巷与楼室
突现断壁……未请周公解梦
许是上苍示以忧患？我径自猜度。

马年临近了！马嘶声声在唤我吗
且借诗人海子诗意，以梦为马
挥一束阳光为鞭，策马赶路！

载《九州诗文》2014 年第 5 期

走进马年

不想过年。还想在蛇年的底线流连
却被马年爆竹的蹄声催到年关；
得过且过吧，扬起一张沧桑的脸。

家母九秩，诗花一丛
撰一副春联展示在家门
让年味在家脉和诗光里弥漫。

观赏春晚，"时间都去哪儿了？"
流年写真照和旋律让我泪花盈盈
吐嘈小品：触及时弊层面太浅。

就这样走进马年
一只脚迈进七旬的门槛，而梦里
旭光心光开启了新年的风景线。

载《太原日报》2014年2月26日

突然想到

突然想到关于生死、寿命
假如上帝与天下苍生签约
让年近七旬的我再活十年，如何抉择？

不假思索，我会从容赴约

十年已超平均寿命了，好好规划
享受今后三千六百五十个日出月落。

侍奉老母，与妻子亲友出游
遵孔夫子言：从心所欲而不逾矩
相伴春风瑞雪，诗意地栖居，写作。

情系家国。俯首与抬头但求无愧
当大限如期而至，我便淡定履约
挥尽最后一缕夕光，融作朝晖一抹。

2014 年 3 月 16 日

载《杯水》2015 年总第 20 卷

台湾行旅（三首）

读日月潭

从水社码头登船，注目
当年第一夫人宋氏黄顶的望波亭
壁上的枪眼，刻录着世人感叹。

在玄光寺登岸，在弘扬佛法的
玄奘大师塑像前沉思，寻觅
传说中的舍利子秘而不宣。

读一页枪声，读一页禅语
读波光里历史斑驳的投影；
聆听日月交谈，感悟尘世沦变。

那妄图永远覆盖宝岛日月的
血腥太阳旗，早被潮汐卷去了；
阅不尽青山屹立，碧波连天。

载《山西文学》2014 年第 5 期

与高山族儿女共舞

彩绣的披肩、围裙与饰物闪耀
姑娘轻甩黑发，小伙晃动羽冠的雉毛；
高山族儿女呵，手拉手忘情地舞蹈。

我看见高山流水，泉溪起舞
红桧翠竹蓬勃的枝叶起舞；
和着"高山青涧水蓝"欢快的曲调。

老夫也被卷入了拉手舞潮
与舞动的高山流水拉起手
唱着"相亲相爱"的歌，手舞足蹈。

汉族与高山族拉起了手
"我们本是一家人……"唱给
那道波涛起伏的海峡，感觉真好！

载《太原晚报》2014年2月21日

台北，雨中心绪

今天即是归期。大巴车穿行在
台北的细雨里，我注目满街绽放的
伞花，捕捉着斑斓错落的诗意。

"冬季到台北来看雨……"

荧屏上响起一支感伤的歌
雨声淅沥，拨动我的离情别绪。

梦不是唯一行李。我的行囊里
装入了阿里山神木、日月潭碧波
还有台湾海峡涨落变幻的潮汐……

今天是我归期。而被历史无情
割离的宝岛，何时踏上归途
如今仍泊在烟雨苍茫的梦境里。

载《五台山》2015 年第 6 期

汾岸十二行诗（八首）

梦幻火烧云

扬大片火烧云旗帜，斜阳西下
在天空徘徊，俯向地平线
起伏的山峦丰腴的河川，如梦如幻。

风舞云蹈。我感受到了
火烧云炽热的温度，暖风拂面
看斜阳微醺脸色酡红，如梦如幻。

长云舒臂，抚抱大地肩颈和胸乳
奔放的凝固，冷静的热烈
就这样美丽地融合，如梦如幻。

满目青山夕照，倾注余热于大地
莫要沉陷！我与斜阳心照不宣
就如此诗意地栖居，如梦如幻……

大风走过龙城

昨夜大风走过龙城，清晨出门
看漫天雾霾为之一扫
感受蓝天万里，远山近楼清晰的姿影。

有一种解困与释放的感觉
表情卸下口罩，目光拨开迷津
吐出怨气，灵魂来一次深度呼吸和启蒙！

不过是一次假释！雾霾只是暂退
且风力有限！难以触及各种形态的
精神雾霾，更遑论权力固化的深层……

前方惊蛰，我于无声处听风雷
期盼打开被遮蔽的能见度，被禁锢的活力
拥抱蓝天下心灵自由的憧憬。

汾河这条冰水线

乍暖犹寒。汾河碧波荡漾
最后一段河冰，守护着冬季最后
一块领地，冰水蓦然拨动我的心曲。

看弯弯曲曲延伸的冰水线呀
灰白与碧绿衔接，风平浪静
听交融处几簇笑语，几串叹息。

我抚摸着季节的线条、肌理
叹冬春转换，道是无情却有情
有一种消失叫融合，犹如日月更替。

且把冰水线作琴弦，春风斜阳
亲情厚爱，奏响弦歌一支
每朵浪花音符，都闪跳着明媚诗意。

二月二，人抬头

又逢二月二。我已习惯了
俯身贴近大地虫草回春的呼吸
抬头聆听，云霄是否传来春雷。

"二月二，龙抬头"演绎千年
而今我更关切：人的头颅
不是剃龙头！吃不吃龙须面也无所谓。

大喊一声"二月二，人抬头"
抬起蛰伏的梦想，被蒙昧禁锢利益绑架
的星辰，抬起抵达宪法高度的思维！

命名二月二为抬头节如何？
以手扶膺，我心惭愧；诗人呵
早该抬头弃犬儒了！从今挺脊扬眉！

致立夏及我远去的夏季

立夏时节。我向枝头绽放的
花朵，孕育的果实；向行进在
立夏岁月的美丽年华，亲切致意！

向负重和一路走高的生命
向躬身劳作挥洒才情与热汗的
我的儿女和友人，深切致意！

余已立冬。又一次回放自己
远去的夏日风景：在红色风暴里
旋转与蹉跎，收获痛悔和启迪。

岁在立冬，脚步已跟不上立夏的
节奏了。还能"衰年变法"吗
且借力夏光，一路跋涉和进取。

白云遐想

喜欢白云。喜欢在有风的日子
看洁白的天使，与风互动霓裳飘飞
我的襟怀为之打开，扫去忧郁。

喜欢彩云。喜欢在旭阳夕照里
看云霞朵朵套红，烫金
摘一朵点燃我衰年的心曲。

自然也喜欢积雨云，乌云
让我欣赏云的交响和变奏
喝彩驱霾的雷雨，拥抱翩翩雪絮。

喜欢三亚、阿尔卑斯版的蓝天白云
期盼在龙城早一天复制，刷新
我的灵魂自由飞翔，诗意地栖居。

汾岸即景

雨后。晨阳浴罢淡妆走出
月季绽开妖媚，杨柳又添新翠
我在碧水绿茵的河岸上漫步。

三五结伴健步或奔跑的青春
汗湿衣衫疾行的老者，风一般
越过；这澎湃的生命让我羡慕。

一阵阵唢呐声林荫下飘来
一曲《好汉歌》，一曲《江河水》
我感受着尘世间的仗义和凄楚。

生活天天演奏着酸甜苦辣
得意，失意，抑扬顿挫
且珍惜脚下每一步细微的幸福。

打开的心怀

天空蓝得透彻，白云朵朵
如老夫此刻打开的心怀
一轮斜阳蕴含了煦暖的情思。

六月持续升温，在向晚时分
邀一朵云，与斜阳一齐拉近
倾听盛开或隐秘的故事。

看天光云影，幻化作晚霞缕缕
给汾河铺织晃动的金链
渲染岸上一排排碧树，斑斓的花枝。

今天心情好！我告诉天空
云霞回我一朵绯红的笑靥
我的心灵随之升华，遐想神驰……

2014 年 2 月至 6 月

载《中国诗人》2014 年第 5 卷

巴西世界杯（二首）

闪电梅西

喜欢蓝白条的阿根廷，喜欢梅西
这个成长中的巨星，以一道闪电
完成了巴西世界杯的出场式。

闪电在乌云挤压的缝隙启动
衔枚疾进，撞墙式过人，横突
让尾追者和阻截者落花流水。

无须抬头，球门已在灵视里
一道闪电携雷破网！闪电梅西
穿透的还有世界杯进球荒的压抑。

用狂吼、奔跑、拥抱，尽情地释放
然后冷淬；世界杯刚刚开始
距球王登基尚远，途中还有重重壁垒！

2014 年 6 月 16 日

载《太原晚报》2014 年 6 月 24 日

哭泣的内马尔像个诗人

曾见揭幕战，巴西国歌响起
你满脸泪珠流淌在激昂的旋律里
心海汹涌着父老的悲欢和期冀。

又见首场淘汰赛，巴西涉险过关
球场内外沸腾着黄色的狂欢
你却跪在炽热的国土上掩面而泣。

哭泣的内马尔像个诗人
用脚尖、头颅和泪水，在绿茵诗笺上
抒写荡气回肠跌宕突兀的诗句。

我从泪水中读出一个平民孩子的履历
企盼南美双雄：梅西内马尔梦想成真
通向球王的路，注定坎坷崎岖！

2014 年 6 月 29 日

时光十二行诗（组诗）

我的歌谣

汾水为弦，阳光风雨的手指伴奏
我用苍老和略带沙哑的声音
唱和光阴，捧出一曲曲梦幻歌谣。

三月风，七月雨，秋日午后的
阳光走心，金银木红枝雪絮飘飘；
这四季音符，弥散本真与浪漫的情调。

岁月一段段走过。打开杜甫草堂
打开卢浮宫和阿尔卑斯雪山的辽阔
捧起神州龙城的忧患和微笑。

不奢求华彩，也无须理会鸦噪
兴起时，跃上潮头挑一段高音；
总在宿营地吹响出发的晨号！

黄河这一段

这是黄河吗？初夏的阳光下
细流蜿蜒，大片大片的河床

裸呈着沙碛、荒草，乃至小树林。

挖沙船的铲斗起起落落
仍在榨取母亲河孱弱的气息
一只搁浅的木船，被时光肢解。

而两岸的建筑群比肩崛起
载煤重卡几无缝隙呼啸飞驰
昼夜轰鸣，压过了黄河涛声。

千年钓鱼台，守在路侧半崖上
印证着沧海桑田，如今只能钓起
我的惊愕和难以排遣的困顿。

一场雷阵雨来去

窗外下起了雷阵雨。浓云垂翼
遮蔽了太阳，雷在暗处唠叨
间或挥一下闪电的亮鞭。

斜风疾雨打在我的窗玻璃上
写下一行行蝌蚪文，无非是
流长飞短发泄猜忌，对白云蓝天。

看地面低处已渐渐积水
雨脚踩起三五水泡，倏忽便
自行破裂、消失，流入下水道算栏。

转眼雨过天晴！我欣欣然出门
见不见彩虹倒无所谓
与天边斜阳相视一笑，静美无言。

雨后的青纱帐

穿过村庄，驻足雨后的青纱帐
感受风清气爽地阔天高
呼吸久违了的草木泥土的气息。

抚摸油绿的玉米叶子，顶着
红缨的缺牙露缝的颗粒，雨珠滴答
触动我心弦上乡愁几缕。

那与青纱帐相守千年的村庄呵
马赛克豪宅傲视着柴门土墙
树荫下留守老人与孩子守望着孤寂。

今天亲近青纱帐，踩了两脚泥巴
走惯水泥路斑马线的诗人
也算接了一片地气……

漫步秋光里

漫步秋光里，一早一晚走在
汾岸和街头，思绪随云朵尘风飘逸
让弓弦般紧绷的神经松弛。

前一步想象，后一步现实
脚步剪辑着春花秋树，襟怀
风一样辽阔，吹走飘零的叶片和琐事。

或与友人边走边聊
问候树梢的喜鹊，诗意里的雁行
举手投足间捧出一首小诗。

漫步秋光里，心比双脚走得远
拾一枚斑驳落叶，水中的鹅卵石
品读岁月行走的印痕和情致。

秋冬之交

无意于窗外喧腾的人流
给你杯中咖啡加点儿糖
轻轻搅拌，品味流转的岁月。

秋声已渐远了。让心静一下
于旷达中，品味掌纹和心田的丰熟
以及云絮飘忽似的忐忑。

窗内阳光透明，目光清澈
亮出彼此心情，盛开
感触秋冬的脉动，在同一节拍。

就以真切的心脉作跋

送别又一度金秋，在斑斓中升华
打开冬天疏朗而开阔的境界。

举着金银木的签证入冬

立冬了。汾岸上冬与秋交接
寒意袭人，青杨叶银杏叶随风飘落
我的心头划过了一抹斑驳。

其实初冬没有那么肃杀
汾河波澜不惊，小船剪辑云朵
火炬树紫果如炬，柳叶依然绿着；
而金银木红果晶亮欲燃，这穿越秋冬的
红精灵啊，如我心灵的成色和承诺。

就这样，我踩着落叶的黄地毯
举着金银木红印的签证入冬——
穿越朔风的凛冽、雪花的温情
抵达岁月：又一重境界无边的辽阔。

无雪是冬天致命的缺陷

晋地一冬无雪，连云朵也少见
靠天吃饭的农人们望眼欲穿。

汾河一反常态，冰层的铠甲
被水库开闸的波涛席卷而去了
河面上晃动的霞光，分外刺眼。

无雪是冬天致命的缺陷
麦田像缺了气血的老人郁郁寡欢
天空因缺了润泽而尘埃污染；
我的心田也干涸了，与焦灼的
守望者一起翘望，期待一场哗变。

据报周末北方有雪，届时
我会在琼花飞舞的诗意里拥雪狂欢！

借　光

我在人行道上徜徉。波涛喧响
身后传来久违的声音：借光！
一个长发盲女，手中的探路棍
在盲道的琴弦上弹奏迷茫。
脸颊蓄两涡僵滞的浅笑，眼白上翻
紧着的眉心，揪疼了我的目光。

借光！借光！前方盲道上
几辆轿车横着，我想过去导盲
而又踌躇；行路难呵
在这文明缺失的尘世
该为失明者，及失落者多一些光亮。
借光声声，叩击着我的心房！

橙衣天使

比东方第一缕曙光出发要早

比这座城市员工的均龄要老。

当我黎明前上路，总见移动的
橙色，在路灯光晕和微尘里闪耀；
扫帚在手，重复着单调的动作
偶尔挺起身，揉一揉酸困的腰。
他们清扫垃圾，步秋风一起扫落叶
携冬阳融雪除冰，还有心头隐忍的烦恼。
常见汽车呼啸而过，行人掩鼻而过
而我每每注目：这拂晓时橙色的燃烧。

我愿称他们橙衣天使，与上升的朝霞
一起感应这橙色的行走与风貌。

2014 年 7 月至 2015 年 2 月

组诗载《中国诗歌》2015 年第 5 卷

秋日获赠（三首）

这幅国画

——读《竹石秋菊图》谢郭新民君

谢君金秋金子般的馈赠
几竿墨竹挺拔，一丛秋菊素洁
汲取了天光岩魂，自如而蓬勃。

尺素间诗意飞扬，启我心扉
映出杜甫茅屋秋风竹影婆娑
陶公采菊东篱悠然看山的神色。

竹菊无声。我读懂了这
源自土地的拔节声、细微的花语
感受君子之风：平凡、坚挺与开阔。

看初冬斜阳下落叶萧瑟
且捧起这团氤氲的生机
与君共赏，注入我卑微的魂魄。

这尊石印

——致挚友赵少琳并光线诗社诸友

温润，暖红。一尊寿山石印
镁光灯下我捧起这份馈赠；
感觉沉甸甸的
晃着阳光月光一样的光线
有血液和火焰的温度
烙着你的指纹，光线诗友的挚情。

壁上镌录了我的绝句
"再舞夕光鼓翼飞"诗心仍存。
那只精雕的狮子，又寄意什么
我告诉自己：珍重这份厚谊
桃花潭水犹觉浅，好兄弟
拥抱中感觉诗意的光线在飞升！

这捧鲜花

——致学生荫丽娟

一捧鲜花，种在我的想象里
含苞欲放，开在我五十年诗意人生
缪斯殿堂上那个经典时刻。

一捧鲜花，在你我手上绽放

素洁的花色，飘逸出诗香心香
秋水长天般明媚和辽阔。

想起九月街头诱人的菊黄
汾岸春风拂丁香，夏雨润新荷；
几度花开花谢，捧出累累诗果。

如潮掌声里，我把鲜花献给了
座中的九秩母亲，幸福弥漫升华
呈现这个金秋我最温暖的收获。

2014 年 9 月至 11 月

载《光线》诗刊 2015 年第 1 期

天坑地缝想象（二首）

天坑三硚狂想

峰峦与河系，千百万年角力
剥蚀与冲撞，固守与沉陷
造就了这喀斯特天坑三硚奇观！

万仞峭壁刻录下神工鬼斧
层叠粗粝的横纹是曾经的水文线
导游指处，给我巨大的想象空间。

走兽无踪，苍鹰也难企及
我放飞一腔壮怀，站上云端
舞动天龙青龙黑龙三硚气冲霄汉。

再仰天大喊几声，代东道主邀集
喜马拉雅、金字塔、百慕大三角……
举办北纬30度天下奇观联展！

龙水峡地缝随想

果然奇险！俯视脚下深渊为之提心
仰望头顶绝壁为之吊胆

夹缝里天光乍泄，只有窄窄一线。

走在千米栈道上，攀升与下坠
与对面崖壁伸来的树枝握手
摘一枚水杉碧叶，归入岁月档案。

脚下洋水河波流时隐时湍
忽见前方瀑布飞泻，穿过水帘
我已分不清额头水珠还是热汗。

走出地缝豁然开朗，想到尘世
被重重挤压和挟持的身心
我将阳光和自由，捧为至尊法典。

2014 年 10 月 16 日至 23 日，于重庆、太原

载《九州诗文》2014 年第 11 期

世上最近的距离

世上最近的距离，有一种鹊桥相见
因了人间天上的遥远和企盼
分外难得，可惜只是执手瞬间。

世上最近的距离，是一只雁
对另一只雁的殉情，两棵树间的爱恋；
分外浪漫，毕竟只是诗意呈现。

世上最近的距离，有一种看似平淡
没有海誓山盟，却有朝夕牵念；
那是一种灵魂的默契与相伴。

世上最近的距离，莫过于
母子间的命魂相系，患难夫妻
刻骨铭心的相守；是一种无缝氧焊！

2014 年 11 月 6 日

载《关雎爱情诗刊》2015 年冬季号

诗人·诗心

诗　人

以祖国为姓名字超越国界的人
以光线为笔点亮人间明媚的人
举杯邀明月茅屋为秋风所破歌的人
踏雪饮西风最早发布春天消息的人
为殉情大雁垒丘吟曲的人
把生命火焰塑形锻句的人
情思风一样自由和辽阔的人
语言借意象表达且跳跃的人
从一簇花木打开万千风情的人
沿一条河流穿越古今沧桑的人
把人类的良知铸为历史证词的人
与人民在一起灵魂走在前头的人

2014 年 12 月 20 日

载《中国诗歌》2015 年第 5 卷

诗 心

如同一块太阳石，沉静，闪烁
蕴含了天地亘古的苍翠；
如同一条长河，春波荡漾
源头来自关关雎鸠、汨罗江水。
涌动的爱、悲悯、正义、疾恶如仇……
这神奇的构造举世无以匹配。
因敏感和想象迸射霞光般活力
因博爱而博大，因燃烧而纯粹；
即使心扉敞开而伤痕累累
也因真善成为美丽的花蕾。
我已经历五十春秋涵养与淬炼
仍难以企及那出神入化的高贵。

2015 年 1 月 8 日，与友谈诗有感

载《山东诗人》2016 年第 2 期

打开（二首）

写在岁末年关

又到岁末年关。窗外曙色萌动
打开案头新的台历，犹闻钟声相催。
且慢，让匆促的灵魂稍息
容我回头打开记忆的重帷。
打开时光封存的档案，打开
烫金的荣誉，也打开伏在角落里的
过错、失误乃至忏悔，一并置于
阳光下曝晒，让凛冽的风吹醒蒙昧。
打开眉头的纠结，用微笑谅解
打开襟怀，释放郁积的压力……
而打开岁末年关，珍存或清空
皆为打开：前方地平线上的明媚！

2014 年 12 月 28 日

载《太原晚报》2015 年 1 月 6 日

写在又一个黎明

黎明即起。我总是伴随冉冉旭光
打开新的一天，大同小异的程序。
步出家门，叩开一些诗意的门
偶尔进出国徽高悬的大门
需要凭证登记；让我想到了
打开：这个意蕴深邃的动词！
比如打开被遮蔽的档案、封闭的禁区
打开利益集团固化的道道樊篱
乃至打开无形枷锁自铸的心狱……

我年已七秩，夫子道，从心所欲
而不逾矩；我随之登高，打开人生
如白日依山黄河入海的格局。

2015 年 2 月 28 日

载《都市》2015 年第 8 期

冬日心绪（三首）

又现蓝天

天好蓝呀！初冬龙城又现蓝天
蓝格盈盈的蓝。天地间郁积的灰霾
被掳走了，我知道是寒风一手导演。

又现远山逶迤的身段与容颜
又现楼厦错落清晰的天际线
我不由深呼吸几口，吐出腹中吁叹！

看风中柳条婀娜起舞，喜鹊斜飞
街头美女柔发轻撩，添几分性感；
风也拍我衣襟，掀起层层心澜。

且问何时，天蓝不再借助风雨
国徽照耀的建筑内，也蓝得透明
我的心空，蓝得纯净而斑斓。

载《太原日报》2014 年 11 月 26 日

入冬的心绪

一夜寒风扫去了灰色雾霾
我走在初冬的长街，呼吸清爽
梳理斑驳起伏的心绪。

歌声盈耳：我把春天付给了你
把冬天留给我自己……
一曲《爱的箴言》，苍凉中融入暖意。

岁月如歌。走在人生的冬季
枝头枯叶纷落，但我心未失落
冬的构图里，已编入了春的花序。

看天边一朵朵晚霞绚丽
兆示吉祥，伸手扯来几缕
伴我越冬，连同耳畔这爱的旋律。

雪中漫步

2015 年第一场雪姗姗来迟
应无声邀约，我在久违的雪中漫步
任雪花纷扬惬意
接过六角形的名片，走读冬天。

读冰封和融化，凛冽和温馨
读尘世的浑茫与应变。

抚慰感伤者，浴雪走出昨日的隐痛
建言励志者，在滑雪道上经一次历练。

愿我钟情的金银木获得洗礼
也让雪光走入我心，纯净我心；
雪花正是春的请柬呀，我接到了
不由加快了脚步，赶往春天！

以上二首载《山西日报》2015 年 2 月 25 日

汾岸之春（四首）

早春的心思

品读汾岸的春讯
从"草色遥看近却无"开始；
早于春雷的提示，我轻轻拨开
冬寒踩碎的枯芥，静听春的情话。
看一株草抬头，星星点点的绿
贴着地气悄然萌发。
品读早春，不问萎谢的金银木红果
也莫等桃蕾绽开晕红的脸颊；
就从这迷离的浅浅翠色
读取春天的密码。
早春的心思，如一株春草的心思
在抬头和萌绿中，不事喧哗。

深呼吸

又是天蓝风清。早晨在汾岸
林木花丛里，我习惯地深呼吸
吸入桃杏花香、油松金银木的新绿
旭光云影；呼出胸腔郁积的浊气。
我喜欢这种健身方式

肺腑连同身心被清风碧水梳洗。
想起在长江入海口吸纳海风
在阿尔卑斯山吸纳雪光云涛
在自己的书屋吸纳书香……
一次次深呼吸，一点点活血清淤。
深呼吸也是一种灵魂体操呵
打开滞阻，通向广博和深邃。

平　安

莫问这片翠色，聚存了
多少年的霞光月色，林涛与鸟鸣；
只缘命名平安，蕴含了
美好寓意，叩动了我的心灵。
捧起这枚翡翠扣，贴近胸口
我嗅到贯通古今的生命气息
绵绵的情愫，温暖、明净
给予暮年一袭护佑，一片安宁。
祈愿平安从此伴我
如影随形，风雨也有彩虹。
也请平安扣紧我亲我爱
每一次怦然心跳，幸福的笑容。

牵着影子回家

街头如此沉静，夜色迷离
一个独步者，踩着纷扰与寂寞。
远处灯影下的广场舞已陌生了

只有影子前后左右伴随着我。

举目仰望星空，哪一粒
派对霓虹，哪一粒闪烁困惑？
岁月有情呵，老树枝头犹绿
未知还能再著梦中几枚硕果。

其实独步清寂也好
古稀早该预习孤独这种生存姿势了；
晕黄的路灯下，我牵着影子回家
一辆公交末班车飘着红字驰过。

2015 年 3 月至 5 月

载《都市》2015 年第 8 期

母 爱（二首）

秋日看望母亲

又逢周末。携着十月秋阳的
暖意，来看九秩母亲
叫一声妈！心花如蓝天朵朵白云。

笑语融融，往事与今情
客厅盛不下浓浓母爱呀，且把
母子执手的合影传上微信。

我听到溅起的浪花串串
身边亲友，千里之外巴蜀、塞上
掌心彩屏上跳荡着一枚枚爱心。

年届七旬，有慈母相伴
分享着阳光似的亲情友情
我是天下最幸福的人！

母亲和我走在春阳下

母亲拉着我的手，掌心骨
以我为支撑，走在暖暖的春阳下；

蛰居一冬的九秩老人
心情像路旁春风吹开的杏花。
而我恍如时光倒流，母爱一路上
拉着儿子走大，转眼都老了；
一条河拉着另一条河，都成老河了
支流漫延，沿岸风景如画。
有生之年呵，真想就这样拉下去
摇摇晃晃，波流荡漾
我沐浴着母爱阳光春水般的恩泽
也传递儿子一缕感恩和报答。

2015 年 4 月 4 日

载《太原晚报》2015 年 5 月 10 日

行走的岁月（三首）

走　过

周岁蹒跚学步，七秩步入古稀
谈笑间回望走过多少红尘际遇：
艳阳蓝天下，风暴迷雾里
多少回握手与擦肩，停顿和继续。
启蒙，拨乱反正，前行
旗帜猎猎众生芸芸，我携着
一管诗笔；一路涉过汾河风情
黄河风涛和塞纳河畔的烟雨；
收获金秋一株向日葵的启示
纷扬夕照里雪映金银木的心绪。
一路走过呵，风过耳，雨过云散去
谁人身后，能留下雁声几缕？

在避暑山庄

穿过金玉楠木撑起的宫阙
穿过山色湖光和林荫小路；
历史在我眼前回放
看避暑的王朝极尽奢华。

帝王后妃和甩着马蹄袖的宠臣

挥霍黄金白银和民脂民膏

一道道黄绫圣旨懿旨山呼万岁

皇权无孔不入，远比骄阳火辣。

叹红墙外，农夫们锄禾日当午

汗滴禾下土，如原上草生生不息；

如今避暑的王朝早已崩塌

万树园的老槐依然葱郁挺拔。

在清东陵乾隆地宫

一道一道沉重的石门，洞开

一轮落日，一段被掩埋的盛世

一幅中国和世界文化遗照

得以呈现，任由今人评说。

神道两侧，那庞大的

雄狮骏马和文臣武将巨石阵

只不过是摆设

直至王朝驾崩，又能守护什么？

地宫深深暗无天日

我举着诗人的目光进出

比考古深邃一点儿

阳光之下，帝王的幽灵仍在飘忽……

2015 年 6 月，中国作协雾灵山创作之家及返并而作

载《中国诗人》2016 年第 3 卷

岁月斜阳（四首）

宁　静

曙色萌动的早晨是清静的
第一声问候总是清脆的鸟鸣。
城市的夜晚也趋于静寂
散步归来与霓虹交换一下心情。
此时的我，折叠起十字路口的喧响
卸下肩头的杂务，一些
困惑，纠结，以及微信圈的泡沫
在书香诗意里舒展灵魂，享受宁静。
这该是我向晚的人生
向往的生存态，惬意的时刻；
想一些往事今情，或录下几笔
任灵魂徜徉在真善美的情境。

致荷叶坪草甸

群峰林涛把一张巨大的荷叶
举上了云端，谁完成了这一命名？
墨绿的松林止步于坪边
狐兔与鸟雀也杳无踪影；

我看见几朵云，贴着另一侧坪沿
逡巡，离太远了难以咨询。
只有茂密无垠的青草，夹着
姹紫嫣红的野花向我示意；
我俯下身来，深情打量
这离离野草小花，高过万丈苍松
历经雷雨击打，冰雪覆盖
一岁一枯荣，支撑起草甸的尊荣。

我的二维码

一株青涩的向日葵，一个红领巾少年
从龙城一座平民老院出发
披春雨夏阳秋光冬雪
仰面与俯首，足印曲折深深浅浅；
斜阳映照汾河流水
雪打金银木枝头一簇簇红焰；
世道人心亲情风情，化作
一行行诗文，流年的行板……
七十道年轮织就我人生的二维码
任人扫描，君可窥见
一个共和国赤子和正统文人
从青春到古稀的心脉与悲欢。

喜鹊在巢边高枝上唱着

一只喜鹊在巢边高枝上鸣叫
歌唱词有点单调，在唱什么呢？

惊蛰未到龙未抬头，青黄不接
鹊歌似乎提前融入暖黄的春色。

倏忽又一只喜鹊箭一般飞来
衔一截枝条，编入简陋的爱巢
然后双双翻舞，唱和；
想必这是一对夫妇吧
着灰白情侣装，在编织开春的生计
化解饥寒悲苦，经营辛劳喜乐的生活。

我终于听懂了鹊语：家家、佳佳……
听得心头有点儿发热。

2015 年 5 月至 2016 年 3 月

载《中国诗歌》2016 年第 7 卷

又见那只白鹭

银光一点。河面半冰半水
又见一只白鹭，形单影只临波守望
准是暮秋时节，那只
未肯随队南迁惹我牵念的白鹭。
这白色精灵，站在零度的浅水里
引颈痴望着什么：失去的情侣
还是爱子？想必她仍未走出
一段悲情，灵魂与骨肉撕扯的痛楚。
小雪大雪节令已过，一双羽翅
如何穿越前方的风雪与雾霾；
这孤独落寞的守望
一段尘世间常有的悲歌，引我凝眸。

2015 年 12 月 12 日，汾岸归来速记

载《都市》2016 年第 4 期

母爱的阳光（四首）

与母亲一起过年

猴年春节，不想出游
与九秩母亲一起过年，已足够了。
日进三餐，夜为老妈铺床
品咂年味里浓浓的母爱
一起聊天，与亲友团聚
在母亲河流域的风景里神游——
又见故乡美少女招手蓝天雁唱
钢城配电工掌控炉焰铁流
回味老院屋檐下的笑容和泪水
重温红寿联下阖家一次次暖寿……
高堂明镜白发，我分享着母爱
——身边最美的风情，胜似远游。

上有母亲，不敢称老

双腿已被岁月压得侧弯
九秩母亲，习惯地挺一挺腰胸；
不拄拐杖，也不让儿孙搀扶
三分蹒跚七分自如地缓行。
额纹的履历表写满了辛劳

偶有一声叹息，用微笑抹去；
每每提炼一则往事一句箴言
家人收获一分励志几串笑声。
上有老态龙钟的慈母
不甘于老，儿子焉能称老呵；
还需一路陪护
以一颗年轻态的心支撑。

叫一声妈

接通电话，先叫一声妈——
问候，回答，浓浓的家乡话。
老妈有点耳背，我得嗓门大些
母子间的深情隔空传达。
我知道有妈的岁月家才圆满
幸福圆满，七十岁还能叫一声妈。

推门进家，先叫一声妈——
客厅，卧室，看看老妈在哪儿。
有时无须多言，一个眼神手势
心湖的波纹也能体察。
我沐浴母爱的阳光绵延无涯
幸福无涯，叫一声妈有人应答！

母亲出门，说要看看春天

年关已过，季节转弯处
春天启程了，我去看望耄耋母亲。

小区楼座转弯处，晃着
一个熟悉的身影，拄杖慢行。
是母亲呀！紧走几步我招了招手
母亲同时也招了招手；
我喊一声妈——春风吹开
鸭舌帽下绒线帽下两朵笑容。
春寒料峭："妈你怎么出来了？"
"我想出来看看春天……"
母亲心里，杏花已白了桃花也红了
一句话让儿子诗心萌动。

组诗写于 2016 年 2 月 9 日至 18 日

载《山西日报》2016 年 3 月 9 日，末首入选《2016 中国年度诗歌》

绍兴感怀（三首）

在鲁迅故居读《自嘲》诗

深宅大院，百草园的泥墙
未能遮住少年的心翅；
告别黑漆门外的石板路，乌篷船
从此走向无边的如晦风雨。
不惧运交华盖，不避破帽遮颜
两道横眉，一句俯首
一头孺子牛且挺头角峥嵘
一管文笔燃作焚烧沉沉长夜的火炬。
我在先生故居品读《自嘲》
感触一腔热血一脉劲健的心律；
欲效法先生自嘲一把
安居乐居兮，心犹不甘亦步亦趋。

雨中沈园

一片伞花次第开进了沈园
烟雨笼罩着错落的亭阁碧池；
鹅卵石铺就的曲径，恍若
重现陆游唐婉儿那幕悲情相聚。

看一堵诗壁，两首《钗头凤》

雨中默念这人间绝唱，泣血浸泪。

沈园一草一木皆含情呵

心系铁马冰河的诗圣，梦魂常归。

一幕悲歌萦绕在古今沈园

一道情殇扯动千年仍难愈合。

听伞沿上雨珠滴答成曲

仿佛诉说声声叹息，不绝如缕。

问道兰亭

问道兰亭，来至这青山碧水之间

错落的香樟修竹清流与岩石之间；

一场兰亭雅集成为经典

一段曲水伴酒香诗香流转千年。

我一北国儒雅文人，问道兰亭

与书圣，与一代代诗家隔空唱和；

汲几分江南放达灵性

舀一瓢曲水掀动心澜。

问道兰亭不求浪漫，为将高山流水

滋养万物生生不息的大地铺作书案；

采得一片竹叶一缕家国情怀

融入我的暮色年华一方诗笺。

2016 年 5 月草于杭州创作之家，2018 年 1 月改

载《平阳文艺》2018 年第 2 期

公示的阳光

我期望公示的阳光
照彻庞大而密集的公权力之林。

期望覆盖面再广一些
不只呈现财政预决算的主干
也包括三公消费等枝节；
官员收入和不动产早该裸呈了
别再犹抱琵琶，拖到猴年马月。

我听说升职者任前公示，已让
一些心里有鬼的望而却步了。
好！那就穿透力再强一些
曝光率再高一些
让保险箱不再保险，暗箱难再操作。

2015 年 7 月 18 日

载《山东诗人》2016 年第 2 期

岁月十二行诗（十六首）

夕照银发

岁月积淀的霜雪，为生命调色
不经意漫上我暮岁的头顶。
偶尔拾起掉落的银丝，叹逝水流年
逢年过节有时也被"染黑"
却禁不住时光漂洗难以返青。

岁月无情亦有情呵，夕照银发
一如霜染兼葭、雪拥苍松。
我崇尚本色，珍视生命每一缕馈赠
步入七秩，何须再嫌白发老
正好圆我执子之手白头偕老梦。

就这样行走，顶着霜雪的风华
一颗年轻态的心梦回春风。

元宵夜即兴

又是一度元宵。窗外
爆竹骤响，千万簇烟花凌空绽放；
走！去看看街头迎春的交响。

54

元宵节举着花灯霓虹
举着缤纷的礼花、烟雾和嘈杂声
一路行进着，灯火阑珊处谁在回望？

今夜无须众里寻芳。岁月匆匆
穿越凄厉的冬寒，春在不远处招手；
我应声迈入这迎春盛大的仪仗。

举一把信念的生命火炬，且将
脚下和心头的忧患与困扰
一起引燃，化作烟火尘世一缕春光。

枝头风景

三月尽头，一树一树桃粉杏白
喊叫着开了；我喜欢的金银木不事喧哗
枝头有绿叶悄然萌生
穿越寒冬的红果仍未凋谢。

这花椒粒一样紫红的浆果，迎来
又一轮春绿，皱纹里凝着风霜尘雪；
依然固守枝头，我伸手相握
看得见内里深红的血液。

一枝高标，一种化身抑或期待
隐退与萌生，因果与传接
仿佛一首无声的生命交响诗

一幅微缩的桑田沧海。

伞下行

秋雨淅沥，街头流动伞花丛丛
有一朵相伴你我行走
笑语细雨，编织彼此阳光的心情。

风雨人生呵，谁曾与我共伞前行
父母举着油纸伞，护儿打开少年梦
亲友伞下行走，穿过多少雨雪泥泞。

想我手中之伞，当以脊梁为柱
血脉为架爱为顶，撑起漫长的岁月
伞下风情历历，路上万千风景。

亲缘，友缘，走到伞下皆是缘
伞花心花开谢处，有人已成陌路
有人即使远离，也会携手终生。

秋风落叶辞

昨夜西风吹落秋叶翩翩
清晨约你来到汾河岸
以踩落叶的方式，告别秋天。

你却不言告别；笑指枝头
风中的黄叶灵动翩舞，几枚飘落

你道：秋叶落在了心坎儿。

耐人寻味！落叶上的春华秋实
微缩的乾坤，在心上一层层积淀；
我注目土地，你是形而上的浪漫。

秋叶与春两相守
心与岁月共翩跹
在季节轮回中丰熟，岁岁年年……

转　身

春风秋雨几十度，且行且唱
我走在起伏的岁月，曲折的路上：
扯彩霞奔跑，仰骄阳颂圣
斜阳下俯首大地，抬头展望……
所爱所思，所追所梦
一次次转身，转眼已近夕阳。

银发苍颜魂系何处
青山夕照，我自扪心思量：
思无邪，行无妄
在秋葵的珠黄和金银木红焰里
编织时光；我爱我家我铸我梦
任家国情怀在笔下流淌。

触 摸

黄粗布上的家谱，那排列有序
冷寂或温热的姓名；我以目光触摸着
链接亲山爱水，一条起伏的脉络。

触摸太行蜿蜒山路上，一队迁徙者
苍凉的背影，鸡鸣犬吠，灶火明灭；
几辈人守望田园，又有谁远走天涯海角。

偶然抑或必然，我成为这
绵长家脉第十八节链环，苍天厚土
手捧几分幸运，也品咂几丝忧惑……

触摸字迹斑驳穿越岁时的家训
耕读传家：一股春风开阔地吹来
我握住薪火一缕，又该传递什么？

秋风劲

一场夜雨滂沱驱散了暑热
秋风劲，吹得天空湛蓝湛蓝的
云朵又高又飘，柳条恣意飞扬
涌涨的汾水浩荡，我心也浩荡。
即刻就想坐上这前波后浪
一浪一浪地顺流而下
与我有恩有爱的人相会

一诉悠悠情肠。

秋风劲。又在一年一度
批阅大地丰歉，人间的喜乐忧伤。
一百年后，当世之人几无踪影了
秋风依然劲吹，汾河依然流淌。

突然想起大雁

秋天踩着霜白赶路
风把蓝天吹得空阔，清爽；
望朵朵白云和纸鸢恣意抒情
突然想起大雁，那栖息于汾河湾
穿越李白范仲淹元好问诗意的雁声
久无踪影，不见秋气里雁阵远翔。

我来叩访汾岸雁丘，调取当年
元好问行走河边招手蓝天雁唱
那一道落雁殉情的电光
那一声诗人掩面之悲怆。
一曲雁丘词，问世间情是何物
不见雁影，我心若逝水情寄何方？

草木为邻

与汾岸仅有一箭之遥
岸上一草一木皆为我的邻居。

秋往深处走去。荷池早已
风光不再，阔叶半枯伞花般幽闭；
高挺的青杨，叶子也枯黄了
一阵秋风扫过，心头落一层飞絮。
而油松林依然苍翠淡定
多情最是金银木，那枝头
伴随金蕊银瓣绽开的绿叶
向欲燃的红果惜别，悄然离去。

我本草木之人，投以温情的目光
与草木友邻们交流一款款心曲。

中秋，母亲坐在跷板上

晨光下，母亲坐在跷板上
招呼我一起跷。我揣着小心小胆
一起一伏，看跷板那头银发笑颜
起伏着眼中母亲的岁月——
当年骑着小毛驴怀里搂着我
走过太行山起伏的山坳；
坐上幼儿园跷板，跷起孩子们的欢笑
坐在钢炉配电盘前，指尖掀动炉焰金涛……
母亲呵　坐在时间的背上
双手紧握命运的缰绳，起伏前行
一年年穿越世间的风雨和悲欢；
已过九秩，我企盼就这样莫再衰老。

残　荷

秋气渐寒，汾岸上林木犹绿
路边一池残荷，扯动我莫名心绪。

曾经满池硕大的碧叶呵
举起过朵朵粉蕾红葩，饱实的莲蓬
倾尽最后的气血，呵护鲜藕渐肥
如今已风光不再容颜老去；
有的梗茎仍挺着生命的尊严
即便萎蔫，也俯身亲吻这方水土。

荷池若一方偌大的棋盘
叶子充当兵卒，在默然收拾残局。
我知道水土下根还在
荷魂在导演年复一年的轮回。

雨夹雪

夜来雨夹雪，冷风传递寒消息
果然节令不饶人：今天立冬，
脚踩汾岸雪水，看雨洗松绿雪挂枝柯
老天还阴沉着脸，雨雪未见消停。
伸手接过几片雪花，即刻便融化了
秋仍在大地滞留，而冬派遣的
冷空气前锋已至，季节交接处
总是犬牙交错，路上一片泥泞。

忽闻头顶灰喜鹊叫响，疾飞如箭
是为过冬储备粮草吧，或衔枚加固爱巢；
我也该做些什么了，于古稀转身处
从容应对脚下的泥泞，乃至疼痛。

眼前一亮

长长的隧道。一段接着一段
旅程交替着幽暗与天光；
每每眼前一亮，我心动于
这种感觉，闪现出光的记忆和意象。
太行山夜行迷路突现一片灯火
拉开窗帘一万匹曙光入怀
"黑色的眼睛"与"寻找光明"
经典书卷中跳出启蒙的灵光……
漫漫人生路，暗隧一段接一段
日光下也有雾霾和遮蔽；
灵魂何以点亮蒙昧，保持亮度
我感恩于前贤师长传递的光芒。

心　影

我的心分秒不停地走着
已渐行渐缓，一路与缪斯相伴。
有一种心影叫诗文，投在纸上屏上
氤氲着山水云霞的梦幻。
五十春秋，我以分行句坦露情怀
远踪和近影，仰面和俯首

行走的向日葵浴雪的金银木
投影斑驳，勾勒诗化这烟火人间。
我爱我心以及心影，常自
打开岁月里的阳光风雨、高山流水，
感念每一个心动的瞬间
也修补某些缺憾，度养暮年……

一座烂尾楼札记

一座半截子楼，烂在汾岸路边
我经常路过，看惯了
遮蔽的篷布被撕扯成碎片
风雨锈蚀的钢筋丛直戳苍天；
几株树贴墙疯长窜上了三层
麻雀起落自由，流浪狗出入慵懒……
我想叩诊，但大门锁闭
锁着休克十载的隐秘和忧患。

仿佛一则寓言。我居住的
城市腹部一截发炎的阑尾；
突然感到隐痛。那天午夜烂尾楼
竟然爆炸了，在我梦境里血肉飞溅！

2015 年春至 2017 年夏初稿，2017 年 9 月改定

载《诗探索》季刊 2017 年第 4 辑

暮岁十二行诗（十四首）

风 景

我喜欢风景，老来更向往
在自然和人文景观里游历。
喜欢独自赏景，坐拥青山碧水
化作丰盈的诗意；尤喜与亲人同道
相偕而行，与心仪的
美景亲友同框，印在一起。

比如抚摸长城一块青砖的厚重
品读佛罗伦萨一尊雕像的寓意
故乡山坡上看母亲的笑颜催开桃红
汾河岸听一支歌谣唤醒破冰的春水⋯⋯
垂暮时，回放一幅幅影像
最美的风景，都已印在心壁。

过 客

人生在世，乃行走的过客
我已走过大半程了。
频回首：脚印串起几多风雨彩虹
一只笔尖将世道人心采录于诗册⋯⋯

行色匆匆一路，如今已感
力不从心了，梦里问讯前路几何。

匆匆过客之我，感恩于
前方的灯盏，身边相扶的手臂。
掌心握不住白云苍狗
依然握紧自己的魂魄；
我选择前行的姿势，效夸父逐日
以落日为终点，挥云霞一抹作别。

忍　冬

由汾岸燃烧的金银木
进入一门族群，一则花开金银
豪华的命名；忍冬这饱含情感与
想象的词性，点亮了我的暮色人生。

岁逢大雪，又来看我钟情的
金银木，细微的红果坐在枝头
一簇簇抱团取暖，灼灼欲燃
坚忍，无畏，蓄势与凛冽酷寒抗争。

我将这红精灵，当作步入
冬天国度的签证，爱与生命力的脉动。
此刻我又深情凝视，我该如何
萃取红焰浴雪，穿越冬寒融入春风。

风 过

尘世间总有一些意外发生
譬如天空风起，云团晃动雁落；
来不及厘清惊愕，发声
风已撤离，留下一些驳杂与失衡。
有善意的目光，出手相扶
及缄默，谎言，风过后逐一裸裎。
我宽慰于，白云未被撕裂
雁翅未折，嘉木淡定依然秀挺。
其实所遇的事物，有些可以忽略
有些成为大地的砺石。
君不见，天际一片流星雨溅落
一枚陨石，恰是一颗福星。

看 雪

冬天拉开了第一道雪幕
我听到无声的邀约，赶至汾岸。
看十万朵琼花纷扬，雪落白发
也下进了我暮色的心田。
我最爱：雪花林木纯净的组合
喜雪拥青松，雪被下草尖挺翠
给我渐枯的生命一抹绿色；
喜雪抚金银木红枝，点燃心焰。
我懂雪有一颗素心，草木心
从天际回归大地，与万物为善；

那边一阵嬉闹声摇落枝头的美好

我转身喊一嗓子，排遣斑驳的惋叹。

死 神

这个初冬太过残酷了

诗坛一连串的噩耗黑灯刺目；

黑衣死神提着白灯笼，标着死亡

在夜空巡弋，不容人闪躲避讳。

梦境里：人生幕帷正在

一寸一寸拉窄；我窥视自己

生命的尺度，看见前方

年逾九秩的母亲白发下一脸慈悲。

命运叵测呵！我祈祷死神

莫让白发人送苍发与黑发；

也莫猝不及防，能容我从容告别

与时光共享亲情弹奏高山流水。

数 九

冬至如期而至，又响起数九声

古稀人回首与前瞻，默默数在心上。

一九二九少年照样出手

三九四九冰上青春滑倒亦无妨

五九六九，数过雪打金银木

也数过柳条春消息；

七九八九，数得河开却难觅燕影

九九乃至清明，曾惊数大雪纷扬。

数过了大半生，半醒半迷茫
谁能数得清风云变幻命运之河跌宕；
且低眉举首，看春阳破袭冬寒
蓄势而上，白日一寸一寸生长。

平　安

又逢平安夜。窗外响着
圣诞祝祷声和汹涌的狂欢；
抚摸一下贴胸的翠色平安扣
默默弹响我的心弦。
出门不闯红灯，不触碰做人底线
夜晚远离洗脚屋暧昧的灯盏；
不羡天上掉下黄金馅饼
不再攀高，且规避脚下风险。
暮岁我已告别执旗弄潮了
把心放平，爱心依然耸动着
永葆一份家国情怀，一缕忧患
以怦怦脉跳声，祝愿国泰民安。

读　树

读过太行苍松，江南的榕树
读过阿里山被日寇劫过的桧柏；
常读住地的银杏火炬金银木
撷取情怀与风骨，频频植入诗行。
老来俯首，惯于读树之根脉
那看不见的根系、暴突的裸根

以及年轮行迹；聆听地层下
坚韧的呼吸与脉跳，链接沧桑；

天天读树呵，我把自己
读作了一株行走的老树——
脚跟站稳，心劲儿向上
吸纳天光与地气，融入岁月苍茫。

家　宴

又到年关。迈向九五的母亲
吩咐全家聚一聚，就在家中摆宴。
众星捧月围着老寿星入座
平常火锅，胜似五星级山珍海味。
兄弟姐妹又添白发额纹几许
共祝慈母安康活过百岁。
忆起年少时，母亲端出热腾腾的
饺子大烩菜过年，叹光阴如逝水。
就携挚爱亲情一起跨年吧
跨过脚下的如意、不如意；
记取入心的酸甜苦辣
花朵与果实，在往后的日子回味。

绑　架

岁末回首，难忘险些被绑架
我是指居住十载的浇铸式新楼
被邻近一块闲置的地皮捆绑

划归"危旧房棚户区"改造框架。
不甘就范的大红本维权
直至街头拆迁的大红横幅撤下。

此生我曾经见过——
红颜色的风暴绑架虔诚与蒙昧；
金钱人情绑架选票，良知坠地
绑架诗魂，镀金的词语失真掉价。
皓首自当守护灵魂
愿我的脊梁我的楼居历久挺拔！

颠 簸

座下晃动，一阵紧一阵的颠簸
广播声响起：遇到强旋气流了！
空姐扶着送货车下蹲
身边的美女乘客花容失色。
在万米云端，看舷窗外银翼倾斜
我扶住灵魂，心房仍一阵紧缩。

莫笑我神经脆弱。摸一把
贴胸的平安扣，我选择沉着。
权当生死场上一次演练
感恩机长穿越风险安然降落。
命运无序，颠簸该是人生常态
我该感恩多少生命里的贵客。

陌　生

灰雾遮蔽了远山，眼熟的
楼群也有几分迷蒙。这个早晨
忽然想起一些世相
一些原本熟识却瞬间显得陌生。
谁以朗笑，对我眉梢之惑
谁以侧身，回我眼瞳之问。
近在咫尺似乎中间隔了
一座城池一座府衙，难识真容。
当雾散天开，看远山清晰如昨
云朵飘来近在眼前。
尘世间有诸多谜团待解
我依然向往晴朗，心地澄明。

感　念

感念双亲赐我鲜活的生命
抚我成长以赤子爱心行走于尘世；
感念诗神授我一管诗笔
看我举起心灵的光焰未来的证词。

感念头顶每缕阳光风雨闪电
时光雕刀有情，塑我善念与良知；
感念脚下每片水土潮汐起落
岁月不负耕播，捧起绿荫和金石；

感念师长引领与亲友一路前行
梦想花开或凋落细节都值得铭记；
感念青春牵手至白头绵延一脉
光阴飞度与虚度续写我家园新诗。

2017 年 12 月 5 日至 2018 年 1 月 15 日

载《中国诗人》2018 年第 4 卷、《太原日报》2018 年 1 月 26 日

尘世十二行诗（十二首）

红月亮

今晚的月亮不同于往常
套红的月宫，抬高了众生的目光。
传说中的天狗吞月太荒诞了
我眼里，红月是披红的新娘脸庞
绯红的羞涩楚楚动人
尽管缥缈的美仅止于欣赏。

相比星汉迢遥、月宫寂寥
我更爱伸手可触的烟火人间
譬如与家人说说过年，与倾心的
友人对坐品茗，笑谈诗和远方。
至于尘世那些出没的魅影
或许等同于天狗，吞月只是妄想。

失眠记

老来犹觉睡眠短，也浅
如冬至的日照，六九的薄冰
这一段竟又失去一大截
半夜常遭暗袭，梦醒辗转难眠。

一道闪电，或者不明飞行物
在暗中游走，堂而皇之地出手；
积木构筑的美好被抽掉一块
惊醒迟迟，风涛拍打我的善念。
真相忽如水落石出，失眠夜
一遍遍还原场景，咀嚼人性之幽暗；
而我依然选择大度和宽宥
笃信磊落的人格，胜过不堪。

祈祷词

烛火摇曳。远方那一捧
凄美的生命，弱不禁风渐次式微；
我的感伤摇曳，无奈
只能投去心的祈祷，佛的慈悲。
祈祷巴蜀的风刃少一些凛冽
祈祷祥云飞临呵护生灵的尊贵；
祈祷时光倒转重度夏花秋月
祈祷神光乍现一夜冬去春回；
祈祷流星闪烁奇迹慢一些滑坠
祈祷人间夕阳安宁举起明媚……
假如祷词回天无力，那就化作
一束亮光，陪护生命从容轮回。

年关近

月亮一天天变弯，若银镰
匆匆收割着岁尾，年关近在眼前。

我有些恍惚，似乎传说中的"年兽"
时现时隐，先备好红联门前防患。
春风仍料峭，正好助我驱障
一并排除旧岁淤积的尾气；
为一颗疲弱的善心加持
跨栏一样跨越前方和内心的关隘。
生活总是在不断碰撞和校正中
破壁重建。从今起我驻守家园
面向尘世，守护良知与花朵
在庸常中呈现诗意，安度春暖冬寒。

枝头雀

向晚的街头人声喧嚣，小公园里
游人渐稀疏；一群麻雀飞来飞去
落在枝头稀薄的夕照里
我欲走近拍照，却见轰一声飞散。

眼前忽然映出两幅画面：
六十年前全城敲锣鼓盆驱杀麻雀
三十年前汾岸暮色里有人张网捕雀
我为少年的盲从和中年的袖手致歉。

麻雀们似乎会意，又飞落枝头
容我如愿拍下安详和萌态。
雀语叽叽喳喳我能听懂：尘世间
少一些伤害，多一些友善。

春节帖

白云苍狗。仿佛我刚摘下
鸡年春节的红灯笼，重又高挂；
仿佛翻阅一部读了多年的
红皮书，古稀人已有点儿麻木。
我不关心购物乃至酒色财气
在乎亲情团聚，分享慈母的爱抚；
抽空以灯笼红观照内心的山水
这一年又走过几道峥嵘与起伏。
其实我钟爱每一个新春
含笑从年关之入口上路；
爱春华，包括可能的倒春寒
在四季延伸与轮回中，续写年谱。

隔代亲

那年八十三岁的母亲坐在新居
看我三岁的孙女载歌载舞：
"小燕子穿花衣，年年春天来这里"
唱罢谢幕，燕子飞到了老奶奶怀里。

梁家孙女长成初中生
早已不再唱小燕子了；
每次小别见到老奶奶
还像燕子一样飞去，拥抱，亲昵。

戊戌春节，这一幕又重现
相隔八十年的隔代亲，在我眼里
够得上春晚水平，老母亲
菊丝般的笑纹漾出春风旖旎。

春天好

春节匆匆过，祝语我用春天好
元宵节也如是，一声声春天好
链接满城火树银花红灯笼锣鼓声
以此开阔的仪仗，喜迎春到。
七旬本命年，经见江山恢宏大气
以及风雪尘埃，岁月不催人也老了。
我虽老气不横秋，只待卸去
沉厚的冬装，好与新春拥抱。
与二月春风一起剪旧裁新
与三月春阳一起铺绿描红
一辈子爱祖国爱人民，自这个春天
同样真正爱自己！岁岁安好！

看汾河

我并非一个智者，乐水
而不尽识水，比如身边这条汾河。
看惯了碧波粼粼云朵楼影
岸上林木草色花丛错落；
却常忽略另一半河道
荒草纷杂间，一线细水污浊。

哦！汾河四十里景区，我爱城市这
绿色名片，却忽略背面的黯然失色。
问谁是智者，能识透一条河流
水面，水底，坦露和隐秘的真相；
谁能洞穿尘世中人，如川剧变脸
舞台下光亮面具所遮蔽的丑恶。

"小确幸"

云时代万千红紫，老来更愿感知
日常一些微小而确实的幸福光临。

看汾岸一树花开，打开一天好心情；
听屏上微友一支歌，如入迤逦梦境；
开门见九秩老妈一张笑脸，入座给我
剥开几瓣甜橘；街头与老友意外重逢；
偶然发现一帧老照片链接一段轶事；
突然跳出一个金句为一首诗点睛……

我视这些"小确幸"为走心的
一束阳光一粒星辰，当然也会正视
雾霾下的忧患，背后袭扰的邪风
生活总是喜忧参半，各自认领。

交响诗

仿佛一首生命交响诗
又见金银木枝头雪映红果；
新叶已举起嫩绿的希望
零落的枯叶仍在作陪。
不同于隆冬，三月雪蕴含了
别样的暖意和情致拥吻萧疏；
这历经冬寒磨砺的深红
在接受天使会心的抚慰。
三月雪生动了金银木读本
我读懂红果，燃着长辈的慈慧心；
仍在期待花开花谢，新果转红
如同尘世间烟火明灭岁月迁回。

面对面

面对面围桌而坐，一众同仁
袅袅香气里品尝佳肴，说诗道文
少不了旁逸斜出插科打诨
品咂世间冷暖人生况味。

生活多么美好而又鱼龙驳杂
那天说起两面人，诸君指斥——
贪官多高调反腐，暗中伸手索贿
小人善笑脸奉迎，背后设局布雷。

我多么期望：朋友间灵魂坦荡
哪怕当面锣对面鼓争得面红耳赤
也好于暗布绊索。我期望那些
迷走和失范的灵魂，幡然归位。

2018 年 1 月 29 日至 3 月 20 日

载《新诗刊》2018 年季号第 3 期

人间十二行诗（十首）

出场式

行走是最好的健身
我以汾岸晨走为每天的出场式。
老来步履自然慢了点儿
目送疾走和奔跑的青春纷沓前去。
我目送，也祝福擦肩而过的
澎湃的呼吸，起伏和硕挺的胸膛；
祝福世上新人层出，青胜于蓝
抵达吾辈难以企及的云端和编序。
出场式也是我的"升旗式"
以旭日为旗，开启每天新的生活；
携手汾河前波后浪，两岸
车水马龙，走进忧患和欢愉。

关于走位

长台直攻，设障，解围……
清脆的击打声中：红球与彩球
交替进袋，看母球精准走位
斯诺克直播，悬念诱我如痴如醉。
老妻爱看 T 台旗袍走秀

我说美女养眼却有点儿单调；
人生无常，看谁能掌控得了
自身的命运，如把握母球走位！
花枝凋萎俯身土地再发新荣
一步失误蓄势逆袭路转峰回。
回望来路上斑驳足印，看一方球台
演绎大千世界，耐人寻味。

念 及

闲暇时在书房坐拥斜阳，常念及
迷茫诗路上提灯播光的人。
念及那颗点亮《检察长的眼睛》
也拨亮我迷蒙视线的慧心。
一袭米黄色风衣拍打春风，引我
跨进丰收胡同艾青诗翁的宅门。
念及几次相握，写序作评及
二十多函信札，感受春阳的温暖；
在我写下的文字里似乎仍有
那束目光闪烁，虽然恩师已化星辰。
我相信太阳从未坠落；那些
一路提灯播光的人，我都铭记在心。

窗外那片黄花

秋风一吹，黄花朵朵又开了
素淡而明艳，刷亮了我的视域。
闲时我常凝视，花丛间蝶舞蜂绕

起风时一片摇曳的金黄
花枝频频向我招手
仿佛与红领巾年代久别相遇。
耳边响起母亲当年在老院
指点黄花的画外音：
这洋姜花是老百姓的花
耐活，宿根，年复一年生生不息。
而今少年花朵鲜活了我的窗口
试问：能否激活我迟暮的心律……

陪母亲在故乡

山是亲山，水是爱水
那年母亲回故乡，过三月二十三庙会。
皇姑庙前祭燃一炷心香
集市上给重孙女买一架风车
说起儿时庙会上举着纸风车奔跑
母亲笑响春风年轻了几十岁。

山坡上绿草如茵，果树绽蕾
抓一缕风也有泥土草木香味。
"看咱老家多好呀！"
我坐在母亲身边笑着应和
看那边，洁白的羊羔跪乳
咩咩如歌，叩开了儿子的心扉。

举头三尺

清明又至。举头三尺有神明
我的案头三尺有父亲的遗照
天空也有一颗对应的星辰
只是同样寂然无声。

无声也有生命的回响，父亲是
一株树，开花结果叫作勤劳、善良
却不堪重负被无情的闪电击倒
根脉未死，仍庇佑惠泽于子孙。

举头三尺，有神明默默在看
儿女们这些年守护着做人的底线；
天道酬勤人道酬善，家道自然欣荣。
清明祭父，墓园新植的樱树花开正红。

忏悔屋

难忘那年游历圣彼得大教堂
厅内赫然立一座忏悔屋。
感觉心被撞了一下，蹦出
国人一句处世格言：难得糊涂。
我不信教，却认同尘世中人
心房真该设一个忏悔角
自审也罢，打开天窗说亮话更好
追悔有意无意的错讹与失误。

为负重的心灵减压，其实
也是对滑坠的灵魂自我救赎。
至于贪官的悔过书常常避重就轻
勿轻信，有道是老虎念经挂佛珠。

一个盲人来看莲花

深一脚浅一脚的
我认识的一个盲妇，拉着老公
走近汾岸莲花池，睁大一双
浊白的眼睛，露出洁白的笑容。

盲妇说她从小喜欢莲花
失明后一直记得花开的样子。
我相信她能看得见莲花
心里有爱，有亮，借一缕莲香
天眼便开了，看得见阳光下泥土上
圣洁的花容挺拔的光景。

怔怔瞅着深一脚浅一脚的背影
匆促的光阴，我的心头五味杂陈。

在明乐庄园看汗血马

明乐庄园有汗血马，壮美健硕
围于棚厩内，一动不动，偶尔抬头
望着不远处草地上散养的马群
眼神迷茫，又闪露几分桀骜不驯。

栏中的汗血马，可知祖上
穿越戈壁飞奔而来吗？汗血蒸腾的
风暴穿越汉唐风雨，华夏和西域
节杖旗旄猎猎舞成万里丝路长虹。
今日汗血马，我想看到蹄铁下卷起
风暴闪电；嗅到马鬃扬起
浸血的汗气，骨子里燃烧的血性；
在新时代"一带一路"再展雄风。

远望喜鹊山

群山起伏。和顺天河梁旁的
喜鹊山，容颜被云雾的纱巾半遮。
七夕近，想来群鹊又去赶赴
牛郎织女鹊桥会了；云路迢迢万里
问世间哪一种鸟如此义勇
给予风雨不惧成人之美的寄托？

这正是我看好喜鹊的缘由
飞进了人间天上不朽爱情的传说。
归来，我对汾岸比邻而居的喜鹊
又添几分好感，招手飞鹊唱和：
以飞翔和匍匐的姿态
架桥铺路，亦为人生一乐。

2018 年 4 月 1 日至 4 月 6 日，部分据此前草稿修改

载《都市》2018 年第 5 期

云冈博物馆随笔（二首）

微笑佛，好美

一尊尊佛雕、菩萨像，微笑着
来自云冈石窟崩塌物，或者民间；
眉间刻印着岁月的斑痕
完璧固然美，残缺亦美。

有鲜卑族人的雄劲，也有
中原儿女的清秀脱俗；
浸染了北魏汉化融合的风貌
微笑又添风情几许，好美！

念兹云冈先民，以微笑的阳光
化解苦痛，微笑的月色点亮暗夜；
我以一颗虔敬心，拍几幅照
捧回微笑的禅意，安抚苍凉暮岁。

莲花瓦当忍冬砖

云冈博物馆，我看见展柜里
莲花开上了陶灰瓦当

忍冬花开上了青砖，感觉
花瓣花纹漾动，祥光熠熠闪烁。

不必考证这般匠心
出自北魏皇宫，还是民间。
我知道，那莲花一定
源自佛国菩萨的宝座；
忍冬来自：俗称金银木花与果
开在雁塞大地穿越寒冬的意涵。

莲花之圣洁，忍冬之坚韧
梦想花开，伴云冈人抵御苦难。

2018 年 6 月 10 日

载《山西市场导报》2018 年 6 月 21 日

下辑 自由诗

接 力

梦里闪回中学运动会
大操场田径跑道，4×100 米接力
一袭红背心和我燃烧的青春
在此起彼伏的电闪雷鸣里奔跑。

梦醒已是银发人。人生跑道上
一闪，几闪，已过花甲至古稀了。
在岁月的年轮，在分行句的跑道
一程一程接力，奔跑。
几代人的接力
也是一个人的接力
穿过迷雾和晴光，谁与我同呼吸
前波与后浪，传承与赶超。
冰雪与春风的交替
闪电与彩虹的传接
掉棒的遗憾和重燃矩火的续命
旋转，俯首，复抬头远眺。
一程程接力，灵魂与筋骨的发力
一路在宿营地吹响出发的晨号。

梦催银发人。我欲唤回

红背心和青春的火焰，叹腿脚已老；

那就放眼前方的跑道

舞动心光，为奔跑的接力击掌叫好！

附记：2015 年 10 月 6 日凌晨梦见在中学操场上接力奔跑，当日乃我

70 周岁生日，醒来浮想翩翩，击掌而歌。

载《并州诗汇》2015 年第 2 期

故 乡（二首）

乡 思

车轮飞驰，我又回到了故乡
凛冽的风里山川田野裸露着苍凉。
天空蓝得空疏，冬日的阳光
给我几分暖意，却化不开
弥漫于心头的乡思，一缕缕惆怅。

记得洒在老院和村边清水河的
嬉笑声，留在热炕上的梦想。
少年回乡是度假，探亲
老来回乡却是扫墓，奔丧。
时浓时淡的乡思，不只牵系着
那片向阳山坡下绵延的祖魂；
还有曾经驰名燕赵的小康示范村
元气伤落：山底的石棉矿脉衰竭了
果茶厂也下马了，烟火冷寂
此刻我与漫坡的果林立在风中眺望。

总是来去匆匆，像一阵风掠过

两行浅浅的车辙也被覆盖。故乡呵
我没有资格指点江山，抒怨
只把一腔情思和愿景，涂抹在
这方诗笺上。我的乡思就是头顶上
那轮冬日的暖阳，冬去春归的向往。

2014 年 12 月 26 日

载《山西广播电视报》2015 年 4 月 16 日

故乡院里的老榆树

想起太行山麓的故乡，便想到
老院那株枝干劲突的榆树。
光影闪跳的树荫下，年少的我
展开一卷岁月浸染的族谱。
爷爷指尖下，陌生的名字神秘有序
一辈续接一辈，布局恰似一株
倒立的大树。我的名字挂在
第十八分支上，像枝条上一枚青果。

老来有时翻看家谱，会想起
那株高过石砌院墙的老榆树。
尽管早在整村拆建中化为乌有了
感觉还与家谱上倒立的树
交相叠映。我闭目思乡
犹见枝叶晃动，一代代身影出没

行走于天涯。落叶飘零未必归根

心魂一缕如我者，总系着一方故土。

2017 年 9 月 9 日

载《山西经济日报》2017 年 9 月 20 日

步登金山岭长城

曾在八达岭与长城合影
在嘉峪关写意长城走向；
古稀之年拥抱金山岭
我拒绝缆车，沿陡峭的步道拾级而上。

从马鞍刀光抚摸戚继光的血气
从城堡烽燧感知民族脊梁；
取一幅全景，摄入松涛鹰唳
定格江山蜿蜒，岁月苍凉与绵长。

大地之上山岭，之上长城
对这一截高峻的历史
须用双脚品读，用一颗心丈量。
当我登顶，群峰尽收眼底
甩一把淋漓热汗，喊声"我来了"
哈！暮岁聊发一次少年狂！

2015 年 6 月 26 日草于兴隆，7 月 2 日改

载《都市》2015 年第 8 期

为八百殉国壮士而歌

题记：2010 年清明节前，中条山下黄边岸边，芮城县政府竖起了一座跳黄河殉国烈士纪念碑，公祭第四集团军所部1939 年 6 月与日寇血战八百将士宁死不屈跳入黄河牺牲的英雄。

中条山作证！黄河作证
七十年前那一场鏖战——
头顶青天白日的八百将士啊
弹尽路绝；八百只鹰隼俯冲而下
跃入了黄河母亲的滚滚洪波。

太行男儿喊出的惊雷裂石崩涛
关中汉子吼出的秦腔响遏行云
我至今犹闻那生命最后的壮喝！
八百血肉之躯，铸入了
血肉长城——民族的铮铮骨骼！

八百朵生命之花过早凋谢了
八百亡灵在空中久久徘徊
沧海桑田，那裸露着的

黄河故道，呈现与呼唤着什么？

我们讴歌狼牙山上第八集团军
五壮士舍身跳崖的壮举
传颂松花江畔八女投江的悲歌
奉为民族英雄彪炳千秋史册。
而今海峡不再阻隔一切了
八百壮士魂兮归来！
我扯一匹晚霞，抚慰纪念碑
抚慰这道历史缺口，迟到的弥合。

载《诗刊》2015 年第 7 期上半月刊

写在抗战胜利纪念日（二首）

对花岗岩战士的访谈

吕梁山，一座殉国烈士纪念碑
一个站在碑顶持枪眺望的
花岗岩雕塑的战士，向我走来；
此刻我也走向烽火岁月，举起目光
与八月的阳光一起抚摸
这伟岸与挺拔，做一次跨时空访谈。

我举起目光，向站在 1945 年
历史转折处的胜利之碑生命之尊礼赞。
手中钢枪在述说：母子别、新婚别
冒着敌人的炮火浴血奋战；
反扫荡掩护乡亲，与鬼子同归于尽
端炮楼，碧血染红了山杜鹃……
而远眺的目光，在告诉我
靖国神社内外军国主义的阴魂未散。

阳光下行进的人们呵，请驻足片刻
拜读这战争遗存的有声的碑文；

倾听这黎明前英勇倒下
万千烈士的化身，在代表历史发言：
珍爱和平，珍爱每个美好的家园
拒绝法西斯反人类战争的悲剧重演！

2015 年 8 月 13 日

致　敬

胜利日大阅兵。我与天安门上
的领袖、元首们同一个姿势站立。
看最先驰过的受阅车队
那些银发苍颜的抗战老兵
举手行礼，在行
这个世界上最庄严肃穆的军礼。
荧屏前，我以十二分虔敬的心
向烽火年代，那些奋起救亡图存
心铸红星的勇士们
而今耄耋龙钟的前辈们，致敬！

他们在接受祖国的检阅
也在检验血肉之躯托起的江山。

想起一个前辈战士诗人
用滴血的枪刺刻在墙头的诗：

"假使我们不去打仗……"

我看着缓缓走过的老兵，潸然泪下。

2015 年 9 月 4 日

载《太原日报》2015 年 9 月 10 日

尊 严

——闻甘肃一花季女孩被辱跳楼而作

一个贫苦人家的小女孩
一枝花蕾一样行走的年华；
却未能跨过 2016 年平关
从十七层高楼坠下！
一声爆响震惊神州！花溅泪鸟惊心
我在几千里外，感到悲伤和愤慨。

贫穷可怕！还有比
贫穷更恐怖的；十三岁的
孩子仅仅拿了超市一块巧克力
竟招致老板、员工羞辱打骂。
熙来攘往的人群竟无人伸出援手。
为了生命尊严，她选择抗争
付出了生命——最昂贵的代价。

她学过安徒生的《卖火柴的小女孩》
有过类似圣诞节前雪夜的忧伤与渴望；
但光天化日下，竟殊途同归
让我们每个活着的人情何以堪！

尊严——比温饱更为紧缺的
生命的尊严，国人头顶共享的
蓝天阳光！我以一声呼唤
表达追念！

写于 2016 年 1 月 3 日，载当日新浪博客

煦暖，或者苍凉

老来梦多，常在梦里梦外
翻晒模糊或清晰的忆念，流转与分享。
捧取一匹燃烧的云霞
一树浴雪的金银木红焰取暖；
踩着一地斑驳的落叶
一袭迷离的月影，感悟苍凉。
一程程在双亲的目光里行走
一回回在缪斯魅惑下遐想；
一道神谕一朵微笑，于灵魂升华中
抚慰遗憾，晚岁悠悠梦短情长。

而日暮月升，谁又能拽得住
过隙白驹，匆匆飞逝的时光！
感谢梦幻火烧云赐我一捧煦暖
感谢月色洒我额际一片苍凉
煦暖，或者苍凉
将伴我度过余生，告慰夕阳。

2016 年 1 月 28 日

载《火花》2016 年第 11 期

母亲坐在诗歌朗诵会场

一片诗意的阳光闪耀
九旬母亲，坐在诗歌朗诵会场
坐在儿子身旁，作为最尊贵的嘉宾。

母亲不是诗人，她坐在儿子
诗句营造的向日葵、火烧云意境里
未必懂得内涵和象征
却始终微笑着欣赏、倾听。
一双昏花老眼炯炯有神
我时而瞅一眼，想起这目光
曾穿过穷困家境，揩去几多辛酸泪
打开了儿子明亮的前程。

扫盲班毕业的白发母亲
坐在神圣的诗歌殿堂，神采奕奕；
为儿子半个世纪的诗路历程剪彩。
我献上一束感恩的鲜花
回馈母亲一份含辛茹苦的光荣。

载《天涯诗刊》2016 年夏季号

与母亲躺在席梦思床上

母亲身体小恙，拍了拍床
说我腰疼，让我和她躺一躺。
九秩母亲拉着七秩儿子的手
钩沉岁月拉起了家常——

桥东街老院。我在葵花下背书
一场雷雨后母亲扶起倒伏的葵秆；
腊月里母亲赶做新衣
脚下缝纫机声日夜奏响；
儿时我也这样躺在母亲身边呀
高烧时咽下一勺勺药水；
午睡时窗外市声嘈杂，一盘土炕
入夜托起全家人卑微的梦想……

历历在目，时间仿佛凝固了
我多想重回少年，重新长大；
岁月一晃都成古稀人了
看一眼慈母，几缕隐忧袭上心房。
哦！时光定格在二十一层楼宅
我把目光移向窗外；

寒潮笼罩下的汾河岸一派苍茫
一片暖色的阳光投在母子身上。

载《山西日报》2016 年 3 月 9 日

回望红军东征（二首）

大河滔滔

那一年，二月春风未度
北国冰封雪飘，黄河顿失滔滔。
风雪中列阵的红五星和枪刺闪烁
毛主席、彭大将军披雪点兵。
冰河乍开，从一条河启程
红军东征卷起历史长河一排惊涛。

从一条河启程。夜色迷蒙
沟口、辛关、转角，武装的舟船
劈开波澜、白花花的浮冰和纷飞的弹火
突破乌云翻滚的封锁线和堵剿。
大河滔滔，铁流滔滔
红军抗日先锋军的旗帜火焰四射
一路播火，扩红
唤起吕梁、太行躺着的大刀铁矛
唤起青天白日旗下颗颗民族心
唤醒东方睡狮
冲天一吼，挽危澜于既倒。

大河滔滔，流过了八十载春秋
我驻足于辛关渡口，看母亲河
铜汁银光缓缓流淌涛声盈耳
指点潮汐涨落，前世与今朝。
且问两岸和大桥上匆匆行色
谁与我回溯那一程洪流，那一页史诗
谁人魂牵梦萦黄河，和黄土地上
曾经喂养过苦难民族的柴门寒窑！
我挥一腔热血，一脉心涛
拍响峭壁，洒向远去的大河滔滔。

红军东征这步棋

长征鞍马甫卸，虎狼环伺
日寇乌黑的炮口已伸进华北；
战云汹涌压向瓦窑堡红星出没的窑洞
压在领袖们俯仰的额际。
时局如棋，国难危机重重
红军东征抗日——落子挟闪携雷。

东征这步棋，红方一招险棋呵
将帅与兵勇东渡黄河
士相撑开，薄弱的车马炮上阵
一路播火扩红，武装军备。
纵有十面埋伏围追堵截
黄河并非楚河，红军拒绝四面楚歌
大河上下神州万里皆为汉界

步步为营周旋于吕梁群山壁垒。
东征七十五天，回师西撤
看枰上烽烟，已赢得逆势转危。

棋看三步。红军东征这步棋呵
危难里向日寇侵略者亮剑
向国人亮旗，也将黑方"当局"一军
奏响了全民族抗日救亡的序曲。
火焰般的军旗猎猎，一步步
洞穿乌云长夜，直至炸响开国之春雷。
由此我想到，一些气贯长虹的词语
向死而生、历史转捩……

2016 年 4 月作，2017 年 7 月 18 日改

载《山西日报》2017 年 7 月 26 日

在路桥工地（三首）

感受一条路涅槃重生

又一条路被一场风暴打开
我几度来到风暴眼里，感受这
铺在大地上的路碑记载涅槃重生。

吊臂和机械手不停地起落
一段段路面洞开
向下！向下
钻掘搅拌机披坚执锐，金石为开；
一座座基坑如变形金刚
灌注桩从地下四十米深处挺起
向上！向上
密集的钢筋丛挺起，头角峥嵘。

我当然记得，城市这条主干路上
曾经走过：喧腾的彩旗锣鼓
疾风暴雨，萧条后楼厦竞高霓彩缤纷
那间起伏的车流，拥堵与放行。

这条风暴起伏的路上

下穿通道和高架桥飞虹指日可待
城市在向快速与畅通，艰难转型。

以此背景路边留影

远远便见钢铁吊臂在招手
我也招手致意，绕过
起伏的土石方，基坑耸起的钢筋丛。
蓦然看见，路边那幢将拆的灰色小楼
我不惑之年入驻的驿站
岁月的胶片飞来，意绪纷呈。

我打开路边行走的光阴
串串脚印里的亮泽及隐痛。
凭窗放飞诗鸽直上百城云霄
檐下风雨来袭吐一声叹息。
转捩处春风春潮又起
一路行色匆匆复匆匆。
不惑岂无惑，天命谁能知
花甲古稀从心所欲，不逾矩；
且以此楼此路为背景，路边留影
走好俯首和清醒的余生。

雨夜想起工地上的集装箱屋

枕着唰唰雨声入眠
梦里切换成机械轰响的雷鸣电闪；
画面里吊臂起落，工地上

一片深蓝色的集装箱屋凸显。

梦醒，窗外雨声依旧
思绪飞向夜雨中的那片深蓝。
我在想逼仄的箱屋，那个与儿子同岁
头戴塑盔喝水的民工疲倦的脸；
想拥挤的上下铺，鼾声起伏
今夜，主人有没有冒雨夜战？

而此时，我正躺在绵软的被窝
和妻子呼气若兰的气息里；
一颗心，被深蓝屋顶上的雨珠
乒乒乓乓敲着，辗转无眠。

2016 年 4 月 18 日至 5 月初

载《太原日报》2016 年 5 月 20 日，组诗选三

行走太行神龙湾（二首）

神龙湾：生命之角力

五月。太行神龙湾
祥云在蓝天飘绕着诗意。
命运却将我这古稀人，置于
悬崖边上，遭遇一场生命之角力！

举目一线天，脚下深渊万丈
峭壁栈道蜿蜒，陡阶险如天梯。
行程未半，我已心力俱疲了
双腿如灌沉铅，左脚与右脚打架
我只能调集全部细胞、能量和勇气
与魔鬼，与死神杀手角力！
在命运大幅度倾斜的天梯上
拔河一样抓住生命，一阶一阶挪移。
峡路容身处，依壁扶住灵魂
目送矫健和蹒跚的身影擦肩而去。

神龙湾，神龙见首不见尾
挺着灵魂的旗帜跋涉，挑战极限
当我步履踉跄走出最后一道缝隙
光芒拥抱身心，挥一把热汗享受惬意。

致　谢

七旬诗人行走神龙湾采风
眼睛采到了山的雄峻路的奇险
心灵采获了热汗淋漓的喜悦和诚谢。

向下行陡坡时，在身后
拽我一把以防滑坠的友人致谢；
向窄路相逢时，于险处
护我安全通过的陌生人致谢；
向见我跨坎时伸来的年轻的手臂
向走过悬梯后扶我憩息的微笑
向送我一截树棍支撑疲惫的善念
向递我一瓶水消解焦渴的热切……
以我心灵，一并致谢！

感谢照亮雪山草地依然闪亮的红星
感谢眼前崖缝里挺拔的葱绿
紫丁香的幽香，还有自己
挑战极限呼之升温的一腔热血。

也致谢这座雄山险壑
给我平原似的履历，平添了
一笔峰回路转的奇崛。

2016 年 5 月写于平顺、太原
载《当代诗人》2018 年第 1 期

国魂浩荡

——写在建川博物馆抗战老兵手印广场

1

五千七百血红色的老兵手印
烙在一道一道钢化玻璃墙上
一大片耀眼的火焰
烘烤得我胸口发烫。

2

瞻仰，致敬。穿越这手印碑林
我找到第一百一十二列
一只血色手印，一旁铭刻着
梁富文，太行第一军分区侦察参谋……
这手，是我昨天握过的九秩叔父的手呵
曾举起烽火太行嘹亮的军号声
剪开封锁线和夜色侦取情报
招手自由女神，为解放纵情歌唱。

3

我伸出手掌，张开五指
与那枚手印贴在一起；

岁月的烽烟叩动我的灵魂！
假如我生逢其时
敢不敢迎着侵略者的炮火
肩负起民族的危难与兴亡？
此刻，感觉前辈的热血
怦怦激荡着我的脉象。

4

在十月耀眼的秋阳下
我穿行在手印碑林，昨天与今朝——
似见日寇屠城与扫荡的烟焰血腥
似闻全民族抗战的正义呼声和悲歌；
砥柱中流挽危澜于既倒的土地还在
向死而生力拔山兮民族的脊梁还在！

5

这些叩动闪电、投掷霹雳的手
挥动大刀枪刺血光迸溅的手
与万千投身抗战没有典藏于此的
牺牲与健在的，领袖与民众的手
一起，扭转乾坤托起神州的曙光！
我必须举手致敬
向平凡而伟大的将士，崇高的信仰。

6

在这三千平方米露天的碑林

血色手印直指苍穹熠熠生辉；
一起见证：一部战胜法西斯侵略的历史
一个民族的解放和远征。
看老兵的手仍在燃烧
让如今那些背叛信仰的贪婪手
以及揩油手、缩回袖筒的手们忏悔吧；
我也为一些错失和杂念，羞赧汗颜。

7

收藏手印！就是收藏历史之印
收藏风吼马啸中华儿女的咆哮
收藏红日一寸一寸照亮东方
收藏不死的国魂浩荡，不朽的信仰之光。
一代一代接力的众手呵
握在一起，就是气宇峥嵘的山岳
举过头顶，就是喷薄而出的太阳。

2016 年 10 月 25 日改定

载《并州诗汇》2016 年第 2 期

九寨沟行色（二首）

观诺日朗瀑布一跃

横阔于山巅，垂泻而下
仰望以太阳神命名的飞瀑；
我等游人
如蝼蚁，如石丸。

先行接受神山圣水的洗礼
接几朵迸溅的浪花
引瀑水灌顶，入心
想象中搬上五尺书案；
扬我雄性，荡涤腐朽尘埃的凌厉
冲刷残存于骨缝里的因袭和懦软。

观瀑步登高台，平视
七旬翁还想飞
飞不动，就以心为翅一跃！

也愿蝼蚁石丸们，在身与心飞跃里
成为摧枯拉朽的蚁阵，行走的群山。

树正沟木栈道上落叶缤纷

左手一湾湾碧水
右手层林叠彩
走在九寨树正沟木栈道上
青杨红枫和不知名的叶子
悠悠然飘下
亲我肩臂，吻我脸颊霜鬓。

读一枚枚秋风摘下赠我的礼物
读斜阳洒落的闪烁的光阴；
遥想北方，我的汾岸也落叶飘零了
掌心的风景，几丝迷失相伴着温情。
我细心捧起几枚殷红与褐黄
轻轻抚摸，夹进书页
把这神山灵水的诗韵
连同流转的时光和念想，一道珍存。

2016 年 10 月，于九寨沟至太原

载《当代诗人》2017 年第 1 期

写在映秀地震遗址

汶川。映秀。细雨乍停
巨大的表盘石雕湿漉漉的，仿佛垂泪
时间指向那个地动山摇的日子
今我来访，心情依然铅云般沉重。

那幕沉睡的历史，被漩口中学
塌陷的废墟，碎裂的预制板、门窗；
被羌族导游尔玛小燕
嘶哑的声调闪烁的泪花唤醒——
万千迷彩绿、消防红的奔赴
红十字的悲悯，生命的营救和抗争！
死神爪翼下破壁生还的奇迹
哀悼日共和国旗帜半降，告慰苍生。

内陆高原上的我，当年也曾
为生命的陨灭与高扬，垂首致敬。
世上再大的劫难终会过去
只要心不屈，大爱在！
此刻，我站在历史废墟边
看群山返绿，新楼林立

羌民与游客共度首届汶川国际熊猫节
这片曾经重创的土地，已经涅槃转型。

匆匆走过映秀，恰好云开日出
我的心也随之转晴。
大地因生命传递而岁月绵延
我由衷珍爱这草木人间，历劫复荣。

2016 年 10 月汶川，后有修改

草木入冬，火炬树脱颖而出

寒潮漫过了小雪节令
汾岸草木萧瑟，聚在入冬的路口
边坡地带一片火炬树
在我的视野里脱颖而出。

修长的羽状叶片，秋风起时便红了
果穗若玲珑塔，红装亮相惹人注目。
是谁以火炬命名？
揭示这瘦削的平民树的赤热情怀；
寒流中，叶子如羽毛飘落
红果仍挺着，燃成一支支火炬；
这紫红的火焰，有霞彩的染色体吗
肯定有几分来自根系抱紧的热土。

我捧起一枚早落的炬果
看籽粒们神色黯然，在抱团取暖；
而绒皮下，透着殷红有如血汁
原本落红有情，并非谢幕。

草木入冬，接受年终大考

名不见经传的火炬树脱颖而出。
这世间太需要光与热了
点燃，焚烧
给红凋绿谢的冬天添加热度
也为那些迷失者指路。

我接过一支火炬
融化冬暮岁月里些许孤独。

2016 年 11 月 25 日

载《太原日报》2016 年 12 月 30 日

跨　年

独步汾河岸，冰河及背后的
楼宇泛着冷色，西天横一抹斜阳。
跨年了。弹落肩头的尘霜
我向越冬的草木，枝头鹊巢
向不期而遇的友人，道一声吉祥。

跨年仪式随意，与家人相聚
围坐在年逾九秩的母亲身旁。
我感受这细微而浩大的幸福
以此调适心率和步幅
愿所亲所爱，笑颜常绽身心安康。

跨年 2017，新诗百年仿佛又一道
横栏，诗人如何跨越，且费思量。
看一眼身后足印，怀里蓝图
谁人与我同行，须跨过自身樊篱
走向诗意烂漫烟火芬芳的前方。

2017 年 1 月 1 日

载《黄河》2017 年诗歌增刊

跃动的新城诗意铺陈

1

汾河岸边。长风大街
临街住宅楼二十一层落地飘窗前
我和年逾九秩的慈母
指看城之东、之南，旭日冉冉而出。
楼厦比肩竞相亲吻云朵
汾河碧水南去，虹桥飞跨
跃动的新城诗意铺陈
呈现大都市蔚然气度。

母亲见证了太阳旗、青天白日旗
和五星红旗城头变幻，感叹今昔神变；
黎明前生于城外出租屋的我
也感慨：当年大片的郊野与阡陌
被城市化的浪潮改写
汹涌成了太原的中心和翘楚。

2

城之东，城之南。我常常
走马新城，感受高架路立交桥的快节奏

长风与龙城大街，建设路太榆路
中环外环，闪电般一程程提速。
我走过：开发区挺拔的筋骨丰盈的肌理
看轮轴下线，动漫上市，物流滔滔
转型，签约，升值，掣肘和扯皮
创新驱动的新引擎，一寸寸开疆拓土。
在城中村，我叩问拆迁的断壁
如何把市情民意夯入地基；
在立交桥，招手致意疾风般驰过的
高铁列车和航过蓝天的银燕；
在地铁二号线数十米深的工地
想象巨型盾构机开挖的力度；
在刚刚剪彩的转型综改示范区
欣看太原大都市的格局和构图。

当然我也采得一些
资金链断裂的疼痛，断臂再植的悲壮；
以及高楼下打工者的困窘和叹息
一些顶风作案的贪腐，有待铐伏。

3

向上！向下！向前！
新城诗意铺陈，让每一块土地生辉
跃动的新城，正携手重焕容颜的
老城、古城，三城联动走向未来；
一河中分，一湖点睛

两岸东南西北，铺筑立体画图。

耄耋母亲没有这些恢宏的想象
只是笑着听儿子描述，不时插上几句：
住了几十年的桥东街老院，盛开的
向日葵馒头花，窗前高高的梧桐树……

4

母亲，这让我想到平民情怀
想到城市化浪潮举起宏阔与霓彩
也卷没了什么？而现代化
并非只以楼层竞高，以立交桥比酷。
我要提示：这片密植钢筋与水泥的
土地绿色稀疏；请多建几座园林
街头多塑几尊人文雕像
住宅楼群间多植几片花木
让市民推窗赏花，出门见绿
放逐劳碌的身心，安享诗意和幸福。

5

我告诉母亲，告诉母亲城
还想以一个公民的身份
走进那些国徽与五星闪烁的建筑
呼唤阳光洞穿屏蔽二十四小时入住；
传递潮汐里民心的律动
输入公仆们的心脉和思路。

正值春暖花开，面朝东南
太阳冉冉升起和旋转的方位
任浪潮拍我胸腑。
宁静时，我审视自己的心前区
心室心房、窦房结。除旧与布新
感觉旋转的引擎，光焰涌入……

2017 年 3 月 20 日

载《都市》2017 年增刊诗歌专号

车行武宿立交桥

前方旭日喷薄。点亮了
横空的枢纽立交桥，一条条
钢铁架构的直路和匝道，蛇曲龙盘。

看上层和下层
车流滔滔驰来和迤逦远去
穿插，环绕，出发或者抵达。
远处一列高铁呼啸而过，恰好
一架飞机在橙黄色的天空
斜拉一道银烟。

蓦然闪回五十多年前，少年郎
骑单车穿过半个城市灰土路
在飞机场外割草喂羊度饥年；
想起城市的路桥史
丁字街的绕行，立交桥空白的拥堵
新世纪攻城拔寨般的打通和快捷。

旭光在枢纽立交桥上一闪
一幅经典画面，连我一起成像。

我说与同车人：期盼太原立交更多
不止于道路
在各个层面破壁，畅通无碍。

2017 年 3 月 20 日

载《中国诗歌》2017 年第 12 卷

来访雁丘处

春三月，来访汾岸雁丘处。
八百年前，大雁殉情垒石为丘的
情冢，早已雨打浪卷去；
一缕雁魂犹在
萦绕在汾河晚渡碧水沙滩上空。

心头响起元好问惊天一问：
"问世间、情为何物，直教生死相许？"
我轻抚双翅合拢的雁丘石
好像听到盘旋坠地的哀雁凄厉的叫声；
感触到了八百年前的雁殇
诗人的忧戚与疼痛。
我不善狂歌痛饮，此时就站在
穿越古今的悲悯情怀里
揽碧水春风，举丘边幽幽青草和
环立的青松为仪，凭吊忠贞爱魂。

来访雁丘处，问红尘今世
谁有底气应答这千古"情问"？
且不说殉情，有多少姻缘因出轨而

烟花骤散，多少以权钱猎艳者卑劣可憎。

我在爱情的天平上审美、审丑

也检视自己灵魂的纯度

情感之河波流荡漾的曾经；

致敬翡翠般地久天长的高尚与至诚。

2017 年 3 月 6 日

载 《太原晚报》2017 年 3 月 12 日

七夕近（二首）

七夕近，在和顺天池

青山迤逦间，亮出一池碧水
诗人们眼眸一亮
这是牛郎织女定情的天池吗
我在水波天光树影中寻觅。

七夕近，仙女芳踪何处
又在织女星上期待与牛郎相会吧
传说毕竟是传说
但我信：有人烟处便会有爱
就像这片情山爱水炊烟袅绕不息
演绎出一部生猛亦浪漫的爱情传奇。

七夕近，不妨也问一句
情为何物？天池亮出又一个读本
银河迢迢鹊桥会，结局尽显
民间爱情的悲欢离聚，忠贞不渝。
风起涟漪，我照了照自己的心
红尘中人呵，莫辜负了两情相许。

阳曲山坡上遇牛郎

野草青青，半山坡上
与一群耀眼的牧牛相遇
与奔走的并不起眼的牛郎相遇
两年前我见过他算是重逢了。
半辈子与牛群为伴
烈日风霜赐予一脸黝黑
祖上牛郎的艳福只是传说
年过不惑的他仍在单飞。
一双脚总在牧草与荆芥中行走
除了看牛，春看山桃花夏看蓝刺头
偶尔看山姑和花枝招展的
女士游客走过，目光拉直又弹回。
暮色中关上牛栏，长夜里
独守一盏孤灯，梦见过牛郎织女。
爱情对他，如山顶上的蓝刺头
妖冶、刺人，也如银河难以企及。

2017 年 8 月，于和顺、太原

载《晋中日报》2017 年 8 月 23 日

燃烧的红

——观实景剧《太行山》致敬太行山

撷取八路军军歌一节风雷旋律
撷取太行山一支烽火漳河水一片血浪
叩响 1937，历史的洪钟
致敬那段燃烧的岁月，燃烧的红。

那飞越黄河飞在太行烽烟弹火
与民众热望里，八路军旗猎猎的红。
那平型关首战阳明堡夜袭
重创日寇引爆敌机，烈焰熊熊的红。
砖壁、王家峪和麻田总指挥部
午夜的灯光送作战图上红箭头起飞；
反扫荡反围困行军路上火把明灭
游击战破袭战鬼子炮楼火烧连营。
百团大战扬威，看东洋名将之花
凋谢于太行，祭我破碎山河与英灵。

黄崖洞兵工厂炉膛泻出军火怒火
乡村铁匠铺锻打刀锋迸溅火星。
反奸锄霸减租减息边区布告上红印耀眼

送子送郎参军胸前披红戴花红焰引人。

我的太行之家，祖父当了抗日村长

祖母也扭着小脚筹粮，母亲脱下嫁衣

支起两个鏊子火苗呼闪赶摊支前煎饼；

叔父从军，举一柄红穗铜号硝烟里驰骋。

十四年抗战呵，军民以血肉长城御敌

十字岭狼牙山将军与战士丰碑千秋高耸。

太行山呵，抗日救亡冲天的烽火

与延安的红星，与南北根据地的壮烈

与青天白日旗下一次次会战慷慨悲歌；

烽火红，铁血红

血肉长城义勇红

这燃烧的红，吞噬长夜升起旭日的红！

国人呵，请各萃取一束红

融入民族复兴路上破壁腾飞的梦。

2017 年 8 月 28 日，武乡采风归来作

载中国诗歌学会编、三晋出版社 2018 年 1 月版诗集《抗争时空的坐标》

1937：关于红星

把五角红星从头顶摘下
移至心壁，铭铸在心上。

1937，关于红星，牵系着
卢沟桥头的枪声和民族存亡；
牵系一次历史性抉择——
抗日民族统一战线盟旗高扬。
红军将士呵，且把五角红星
把井冈炮火南昌枪声造型
湘江血浪遵义曙色拭亮的红星
从头顶摘下，缝进内衣行囊；
把印着指纹血与泪淬火的信仰
铸在心上，须臾也不褪色遗忘。
1937：乌云蔽日天欲倾呵
红军转身为八路军，与万仞太行
一起挺起中华脊梁，扛起天下兴亡
叫作历史担当！

1937—1945
八万八路军——百万人民解放军

历史见证：红星何曾消弭

重又举起顶在头上。

且穿越辽沈平津淮海战火与钟山风雨

缀上国旗，升起在开国的天安门广场。

而今我登太行，回望与前瞻

假若战争卷土重来，红星呼唤血性

吾辈又该如何担当？

2017 年 8 月 28 日，武乡采风归来作

载中国诗歌学会编辑采风诗集《抗争时空的坐标》

百团大战烽烟图（三首）

读彭德怀关家垴前沿瞭望照

烽火太行山，铁色山崖
历史在一帧发黄的照片上还原
彭大将军站在关家垴，手举望远镜
瞭望敌情，五百米外的日寇蝗虫般蠢动。
落满硝烟的铁肩，横眉
挑着沉重、焦灼和从容
调兵遣将，军令下侵略者灰飞烟灭。

彭帅啊！戎马一生尽在前沿
望穿了多少硝烟与凶险，作战命令
化作纷飞的捷报和雷雨后的彩虹。

也望穿和平岁月里几多迷津
奈何未能扭转那段逆境与悲情……

读左权烽火亲情照与家书

戎马倥偬。亲情团聚总是
短暂的，犹如太行山上的桃红绽放。

左权与爱妻幼女拍下这张
含笑的亲情照，就此成为永诀。
我在总部旧居的墙上读到
读得揪心，泪花模糊了目光。

情景历历揪心：百团大战军情
如危崖陡峭，弹火随时会在头顶炸响。
他只能夜半，捧起亲情
与延安的妻女团聚，以起草和签署
电令的笔，抒写报国志、亲人念
落在一页页麻纸信笺上。
叹十字岭突围殉国，洒一腔热血
为烽火影像与家书，铺一层红光。

我是在抗战曙光中临盆的
分享了阳光与鸽哨；此刻
分明听到了历史铜质的回响。
在总部院里，我借青松黄菊抒意
朝向十字岭的坐标，深情眺望。

聂荣臻和日本遗孤女

战争是残酷的。日寇法西斯
铁蹄踏过处，尸横遍野血流成河。

在井陉我的故乡，鬼子的
刺刀曾穿透多少父老孩子的胸膛；

八路军战士却在战地
扶起日寇遗孤稚弱的哭声和惊愕。
指挥千军的聂政委呵
招手春风揩去女孩儿的泪珠；
一勺勺喂食，一纸信笺送归
像一个慈祥的父亲
博爱如八月的阳光明亮炽热。

这是太行山水养育烽火历练的
正义仁勇之师，壁立千仞金刚怒目
也有河流九曲的柔肠情怀。

血火战场绽开一束人性之花。
当四十年后，日本遗孤美穗子
举家来到中国谢恩，泪花闪烁处
长成一枚硕果，高过了靖国神社。

2017 年 8 月

载中国诗歌学会编辑采风诗集《抗争时空的坐标》

乡村留守（二首）

留守的老窑

天光云影下，一处处风烛残年的老院
一孔孔残破或修复中的老窑。
高过土墙的枣树缀满又一茬青枣。

贫寒的老村整体搬迁了
几处老院留守。驻村的扶贫队长
已画出蓝图，留住乡愁和原本的样貌。

让狭窄的院门、窑门和木格窗
挨窗的通铺火炕，炕围画
储粮瓮、水缸、风箱和锅灶……
留下山庄的栖居史，农家的冷暖苦乐。
让院门外的老井辘轳、石磨石碾
述说岁月转动的沉重。
也改造几处客栈与酒吧
让游客入座，品味和神聊。

老有所用。纷沓的脚步声谈笑声

不久将把这留守的空寂填饱。

守望的老人

三孔老窑够老的了，弓背的老妪
像院子里的老枣树一样也苍老了。
她说那是老伴打太原受伤回来碹的
比照立功奖章，在门楼顶上
举起了一颗鲜亮的红五角星。

自打让唢呐声抬进家门
就厮守着恩恩爱爱磕磕绊绊的光景。
儿子闺女翅膀硬了飞进城了
老伴前几年也走了；
她仍像亲手栽的老枣树，守着
这份孤独，守着泥土味庄稼草木味
老窑里散不尽的汗腥味
和门楼上烙着男人手印的红五角星。

老人伸出枯枝似的手臂
指向那颗风吹雨打中褪色的星辰
我有点惊讶，那颗星在她心里依然鲜红。

2017 年 8 月

载中国诗歌学会编辑采风诗集《抗争时空的坐标》

看重头颅的成色和分量

常年用双腿和笔杆走路
老来脚力笔头都渐疲软。

那就凭借一颗头颅吧。人生晚途
我看重头颅的成色和分量；
白发下时光刻就履历的前额
洞穿了半个世纪变迁的双眼。

目力不逮，但无须
再察言观色了，只管擦亮
洞察世道人心的深邃
储好内心几分悲悯和煦暖。
让我额头，秋葵或莲蓬般前倾
再硬朗一些，能够碰硬；
也想触碰
云朵般的温存和友善。

2017 年 8 月

载《汾河》2018 年第 1 期诗歌专号

灵石红崖谷（二首）

登临牛角鞍

林草丰茂。一层层木栈道
陡峭，斜缓
竖一截截天梯搭向云端。

梯阶上健步彩裙笑语飞扬
七旬翁把节奏放缓。
携着爱情谷藤树缠绕的遐思
红崖底虞美人花开的心情
手扶与步履
一截截油松、白桦、云杉
这些曾经挺拔的生命，尽管倒伏
仍给我向上的心力，助我登攀。

登临牛角鞍，击掌报到
我并非欲执牛耳。
正是秋分，未闻雁声也不羡白云
在这高海拔的太岳之巅，高山草甸；
我俯下身子，拜草族为师

体悟野草一岁一枯荣的高度；
如何积攒地气和骨气
抱团应对庞大的风暴冰寒。

写在红崖爱情谷

走出夹板沟的一线天
步入爱情谷，心情为之放松。

林荫道遮天蔽日，飞鸟溪流伴奏
正是谈情叙爱的好去处
见锁情阁前一对小情侣热吻
余古稀矣，则流连于藤缠树风景。
平民百姓朴实的爱
无须山盟海誓花拳绣腿；
少年夫妻老来伴，就像这藤树缠绕
相互扶持相濡以沫，共度余生。

2017 年 9 月灵石采风，写于太原
载《晋中日报》2017 年 10 月 11 日

千秋杜甫（二首）

山河引

一生跋山涉水无数。杜公
青春出行即壮游，过黄河，至泰山。
挽梳洗河，以沧浪之水濯缨洗心
望岳，作《望岳》，绝顶层云壮行色
引以为人生标高
顺手把"泰山石敢当"扛上了肩。

杜公，你一生行走山川河域
山河为引，行走在大唐的江山社稷。
曲江丽人行，讽骄奢狐媚掩国难；
渭水兵车行，揭穷兵黩武隐祸端。
走泰山华山嵩山皆壮美
过潼关石壕新安却不安。
进出巴山蜀水，山河为引
仕途民生更比百转千回蜀道难。
晚年长江岸登高，赋《登高》
心亦高瞻，抒不尽报国忧民之喟叹。

杜公，一生走读山河无数
山河为引，披览大唐的社稷江山。
你将亲山爱河，无边的锦绣与破碎
揽入胸怀，连同期冀一直抱着；
未效屈原抱石沉江一跃成神
而一直抱着家国天下，成为圣贤。
你一俯一仰，一呼一吸
胸中江山万里起伏，化作笔下波澜；
一行行足印和诗句，炽热或苍凉
皆为生民立命，为青史立言。

你书就一部押韵的大唐盛衰史呵
也成就了诗圣英名
如青山耸立，江河绵延。

致敬诗圣

曾在唐诗卷帙里一次次仰望
曾在草堂圣殿内鞠躬拜谒。
杜甫，我唤一声诗圣，把你唤醒
接受后世诗人虔诚的礼敬。

须以大唐关山万里
以盛世锦簇气象，乱世烽烟民瘼
为背景；以巍峨泰岳为圣坛
请九曲绵远的江河波涛，吟诵——
会当凌绝顶，一览众山小；

致君尧舜上，再使风俗淳；
朱门酒肉臭，路有冻死骨；
国破山河在，城春草木深；
暮投石壕村，有吏夜捉人；
人生无家别，何以为蒸藜；
安得广厦千万间；
不尽长江滚滚来；
落日心犹壮；乾坤日夜浮；
孤舟一系故园心……
以此盛大的仪式，以纵横苍茫
万千意象，回敬——致敬诗圣！

致敬举首放入泰岳长江的襟抱
葵藿倾日报国济世的追寻；
致敬山河破碎凝在眉头的忧郁
生灵涂炭淌在笔尖的悲悯；
致敬茅屋秋风大庇天下的呼号
致敬风雨飘零心系故园的梦萦。
致敬大地生成沉郁顿挫的经典
致敬转益多师光前裕后的登顶。
致敬中华文脉千秋一杰
致敬中华诗圣不朽盛名！

莫笑老夫少年狂，一个虔敬的
追慕者，以入列致敬抒发壮怀为荣。
而我也被诗圣唤醒，低眉清点

诗路上半个世纪肤浅的足印；
一边顶礼致敬，一边
修正自己的缺失和低能。

2018 年 3 月 6 日，三改完稿于太原

载《山西日报》2018 年 6 月 6 日

天安地泽（二首）

在荀子文化园

此地况山海拔千米，一眼看到
花岗岩的荀况在制高点上耸立。
我向手握长卷的后圣膜拜
十点钟的太阳在他身后照耀；
逆光下看不清容颜
浅薄之我默念荀学的重器——
积土成山；锲而不舍
人最为天下贵；人性本恶
水则载舟，水则覆舟
天行有常；制天命而用之……

想必天降荀子于安泽山水
朝饮沁水融气血，暮卧太行强筋骨。
降于战国末年，授大任于斯
集诸子百家之大成，做收官；
举儒家之仁心，法家之霹雳手
为神州天安地泽，一代代承袭。

神州有幸，安泽有幸，我也
有幸在此重温经典。问尘世中人
终将化为尘埃，能否
留下精神遗存一丝一缕。

在沁河庄慰问一位留守老人

他身材矮瘦，腰被压成直角
侧抬起黝黑的笑脸相迎；
我躬身握住老人五指弯曲的手
一颗心被他攥得生疼。
五十年前我曾行走于这片土地
为畸形的大骨节病患叹息；
想象眼前老人蜷曲的一生，怎样
挪过农田、磨道，风雪泥泞……
我诉说留守、脱贫，礼包上
印着红字"我们与你在一起"；
老人仰着的笑脸像秋葵
皱纹里蓄着善良和坚韧。
我宽慰于：今日安泽
瘟神已如纸船烛火化作了青烟。
春风习习，阴郁和蹒跚的岁月
正次第打开晴朗的前景。

2018 年 4 月，安泽、太原

153

看丁村

两度握手丁村，都太过匆忙
感觉欠缺了点儿什么；
春风送我又来，特意捧了一颗诗心
一双历史和审美交织的目光。

民居大院群高巍，我以穿墙术
穿越三五百年，走在历史横截面上。
明砖清碑依旧，石狮子已蹲守上百年
门楼上有乾隆咸丰帝的御匾；
其实我更看重
斗拱挂落上精美的木雕花开吉祥
耕读传家诚信经商的祖训
日子过得像千年汾河碧水流长。

看丁村，五百年三千年都太短
由古人类三粒牙齿一片头盖骨化石
哺乳动物群化石，粗粝的石器
想象十万年前汾河湾里众生相——
一双双粗糙的手，抬头自太阳取火
俯身自汾河取水，举起灰褐色的

角页岩大尖状器砍砸器球器
从静谧和奔突的大自然获取给养。

我视五百年的民居群为巨雕
我是说：以人类进化十万年命名的
丁村人，该有一组群雕——
呈现这方水土胼手胝足的先人
站立着，劳作着，额手眺望
阳光涂亮黝黑的额头和肩膀。

出村时回望一眼，忽然想到
未见乳汁般养育丁村文明的汾河；
改道也罢，孱弱也罢，我盼母亲河
焕发青春，抬高丁村的人气地望！

2018 年 5 月，丁村、太原

又临壶口瀑布

一场奔赴。暮晚前匆匆赶至
看壶口瀑布浪柱拍天水雾飞扬
对岸"黄河大合唱"一道红标
引我回望神州的血焰锋芒。
烽火遍地红星闪耀，国难如壶口
惊涛裂谷，风在吼马在啸
健儿如黄河波涛奔赴民族救亡
直至举起新中国喷薄的朝阳。

听《黄河大合唱》，浩荡瀑布
仿佛悬一道考题，一座灵魂考场。
涛声催问应试之众
假若战云又起，谁人奔赴召唤
和平年代，能否挺直信仰脊梁！

人生就是一场场奔赴。
山一程水一程，山重水复
前一刻桃花红杏花白连翘黄
后一刻会有雨骤风狂。
只要灵魂前倾，如这瀑流

跃向低谷，下行也是上扬。
暮岁又临壶口，我灌一壶涛声
耳畔时闻瀑水回响。

2018 年 4 月，壶口、太原

痛别慈母（组诗）

妈，我想把你拉在人间

母亲白发慈颜，躺在病床上
躺在生死交集线上；我坐在床边
握着母亲苍老却依然温热的手
另一侧，如临黑色深渊。

生命监测屏上波纹起伏指数闪烁
嘀嘀的警示音不时响起；我能
感触到体温脉息，母亲也不时紧握一下
十指连心，母子在以掌纹指尖交谈。
我心忧戚，一直握着母亲的手
生怕那颗搏动了九十五年
而被死神梗阻的心戛然而止，沉坠
妈呀，儿子想把你拉在人间！

我不敢松手！妈，不舍你离去
也知道你不舍得离开人世
你还有多少牵挂在心，嘱咐含在舌尖上
儿子想把我佛一直敬在人间！

即使不能像往日，陪你出门去看春天
陪你站在窗前看漫天雪花飘舞
哪怕只陪你躺在病榻上聊天，妈
儿子想把你拉在人间，只怕很难……

签下这个名字，我成了孤儿

重症监护室。沉重的门打开
心电图上几条直线
洞穿了我最后渺茫的希望
一纸死亡告知书，不忍卒读。
我木然，签下此生最沉重的名字
抬起头时已泪眼模糊。

天上大星暗坠
家园慈母顿失。
中年失怙之我，无奈接受了
对自己的命名，今起成了孤儿。
天空没了那朵罩着家园的祥云
丛林失去了巨伞般荫庇的大树；
进门再也见不到那张笑脸
出门见不到母亲送我惜别的背影
受伤时也少了最暖心的爱抚
儿子一颗拳拳孝心，投往何处？

但我也属一个幸运儿
古稀方得这一称谓，咀嚼孤苦。

母仪慈颜已烙在几代人心坎
母恩母爱在血脉里流转
兄弟姐妹仍是命脉相系一家人
在不同的屋檐下，情同手足。

回家！回家

妈，咱们回家！回家
救护车上躺着母亲的热灵
井陉城三十里外就是金柱
我青山环抱的故乡。
三十里回家路，我走过多少回呀
儿时母亲搂着我坐在小毛驴背上
少年徒步，老来飞轮穿越
一次次拥抱热土，这次却非同寻常！
母亲已听不到儿女的呼唤了
但病危中已知归宿，走得安详。

妈，儿女送你回家！咱到家了
仿佛上苍安排，过年时你说
想回老家再过过"三月二十三"庙会
今天正好赶了回来，魂归故乡。
妈你看，燕子穿着燕尾服来接了
你用灵视，想必又看见了
村边哗哗流淌的清水河，你洗过衣裳
蓝天上北归的大雁飞翔，你招手歌唱。
你会想起，夫妻青春做伴别家乡

落脚龙城两手茧花托起了一方家园。
如今你如愿回归故里，与我父亲团聚
与已故长辈至亲，一起守望晨日夕阳。

妈，儿女再送你最后一程
过了村边桥，在通往墓园途中路祭
凄怆的唢呐声在招魂
庙会的鼓点戏文在为你唱。
飘逝的灵魂呵慢些走，再停一停
我信一袭幽魂就在半空盘翔。
此去慈母入土为安，如愿安居在
这青山之怀抱，白云之天堂；
安息吧母亲！你的儿女孙辈
会常回来，垂首和仰面看望。

母亲节，儿子含悲追思

不敢看慈母含情脉脉的遗像
不敢读我泣泪悼别的诗句
更不敢打开母亲随身携带的提包
目睹最后的遗物泪流不止。
但我还是要看！这个母亲节
正是母亲的"头七"，就再纵泪一次。

拉开提包的拉链，敬上三炷
心香袅袅，把母亲的灵魂请回。
我从这面晶亮的小圆镜子

寻觅母亲丰润和苍老的容颜；
捧一袭纱巾嗅到春风扬起的花香
透过老花镜体味目光流露的慈悲。
用这把桃红梳子，梳理母亲
相夫持家养育儿孙的恩情和往事。
母亲呵，抚摸你的故衣仍有
暖心的气息。想起几年前
你就穿着这件衣服坐在儿子
盛大的诗歌朗诵会场，笑意融融……
如今母子却阴阳两隔，这个母亲节
儿子泪水难抑，含悲追思。

母亲节，我以泪洗面，亦洗心
然后擦干泪水。儿子知道
天堂里的母亲，仍在看着人间
属望儿孙一代代过好幸福日子。

2018 年 5 月 6 日至 13 日，泪书

大美大同（组诗）

在善化寺

大雄宝殿两旁，两排诸天侧立
看六臂的日宫天子、月宫天子
或合掌或展臂，灵动的指尖
低眉内审的善目，叩动我的心扉。

善化寺，请原谅我之前的
无知和潦草，风过无痕人过无思。
此番什么触动了我丧母的忧伤
我想，是为善化所感召
日宫月宫天子赋予了日月轮回
六臂菩萨指尖散发善爱与慈悲。

我信，阳光和月光永恒
普照万物，点亮匍匐众生的心灵。
千年善化寺，这光亮穿越
辽金烽烟明清风雨未熄；
如同我信，怀有一颗菩萨善心的
母亲已故，母爱的阳光月光未熄。

信则灵，诚则灵
此番我来捧回了绵绵善爱与慈悲。

登大同华严寺塔

一路走来。在阔大的华严寺
与高耸的宝塔相遇，我已疲惫；
用五秒钟化解犹豫，举步上阶
对佛界，充满神秘和敬畏。

地宫内舍利闪烁千佛迷蒙
塔阶天梯般陡峭，旋升；
如在幽暗的时光隧道穿越
梯层拐角处，天光乍泄似佛光幽微。
"慈悲之华——庄严之果"
叹《华严经》深奥，而又直抵命门；
吾辈红尘中人，只配管窥
今天就当一回古人，循着这光亮
如夜行人头顶着斑驳星斗
匍匐攀行，寻找出口晓色曦辉。

一层一层登顶。凭栏远眺
秋风拂面，我欲望穿什么？
请横亘的城墙传递古都旌旗飞扬
请云冈大佛透露鲜卑汉化的奥秘；
望一眼斜阳，火焰般的落霞
链接古今梦幻，鼓我心旌翻飞。

在城墙合龙处

总有一些场景让人感念在心。
在大同城墙合龙处
五月的阳光下，我听一位古稀老人
讲述亲历的古城变迁与修复。

筹谋，魄力，困阻和成功
时而云淡风轻，时而浓云密布
而我总是闪回合龙庆典上
这位老领导泪水滂沱的一幕。
市民们知道老人喜极而泣
却未必知道，热泪里杂陈五味
包含多少喜悦，多少辛酸、苦涩
乃至深夜舔舐伤口的焦灼与痛楚。
未必知道他，心跳撑以支架
腰椎疼痛其时只能踯躅百步。
而这位大同古城建设的
幕后功臣，一直谦逊自称草木。

诗人在此以单薄的分行句致敬
叱咤风云者与默默奉献者
都会被历史铭记。君不见城上城下
老人被一些市民认出，竖起拇指祝福。

在城墙乾楼闻城下戏曲声

登巍峨大同古城墙
至乾楼，忽闻城下弦管戏曲声；
乃票友百姓戏曲嘉年华
白云也醉卧于护城河碧波倾听。
一段晋剧昭君出塞
一曲自编云冈乐舞
众人喝彩。我仿佛看到
军士旗戈与百姓扶犁迤逦而过；
仿佛听到编钟与胡笳合奏
扑面而来民族交融猎猎劲风。
我自省城来，以诗唱和
这西北角上乾楼，乃是
雁同的密码，柱石坚砖简瓦
揭示古往今来乾坤之标配：
城楼军威盖过杀伐，炊烟歌舞
取代狼烟，是为天下太平。

过清远门遇商品大展销

城门开合曾是这座古城
粗犷的呼吸，如今不再闭合了；
过清远门，恰遇商品展销盛大举行
恰好做我打开历史的方式。

捧浙杭一袭霓裳，武夷一盏茶香

我望见时光隧道，万里丝路、茶道
蜿蜒伸来，经此通关遥指西域欧洲
城门开合迎来送去
高鼻卷发驼队木轮熙攘于街头
热闹的马市传来汗血马几声长嘶。

我喜欢清静，今天也无意采买
却在喧哗的市声里驻足流连；
临走，特意叩响兽头门环
路人惊愕，谁能解我深意！

2018 年 5 月下旬，大学毕业五十周年大同聚会采风而作

大云冈

1

五月。云冈游人如潮
在毗连的石窟群分流，涌动。
我心怀虔敬，也有几分神秘
看一尊尊宏大的佛祖，精美的菩萨
目光流连、聚焦，而又打开
极目苍穹，穿越古今时空。

不然，怎配得上大云冈
气象斑斓，北魏王朝气宇恢宏！

2

当壮硕的文成帝和精瘦的昙曜
目光对接，落在了武周山
苍黄幽青的砂岩之上；
锤凿之声敲醒了沉睡的荒蛮。
一场摩崖造像的风暴，此起彼伏
昙曜五窟横空出世
云冈由此成为人间佛国

成为大佛伟岸信众瞻仰的圣坛。

所谓君权神授，帝王即佛
我信，这最早开凿的五窟
为五朝帝王造像，第二十窟的巨佛
乃开国道武帝化身，威武庄严。

3

千锤万凿，千雕万刻
一代代君王高僧延续着造像大梦。
汉风携春风吹度，佛光伴阳光朗照
人心向善，百姓安宁。
这个在马背上以弓刀打下江山的
鲜卑王朝，借汉风佛光治天下；
五号窟内双佛对坐，乍现圣主
孝文帝冯太后同朝治国的背景。

一座雕刻在石头上的王朝
云冈与历史互为存档，命名。

4

云冈，恕我难以诗化
当年造像盛大与绵延的场景。
但可断言：时势造就传奇
此盛，凭借了一个强大王朝
旭日骄阳般蓬勃的心脏

顺势弄潮转动乾坤的膂力。
雕刻巨佛诸神者，何止
北中国能工神匠手中的锤凿；
有驰骋的马蹄铁、弓刀，更有
农人拓荒的犁尖，丝路商旅的标旗。

云冈因此而厚重与丰澹
佛陀端庄大气，菩萨衣袂斑斓
护法天神，金刚力士，飞天乐伎
形神胡汉兼容，且有奔放恣肆。
而鲜卑与汉族通婚，云中从此
多壮男美女，佛容也多了豁达俊丽。

5

云冈之大，坐镇于一方山川
穹顶铺日月星辰，风云幻化。
云冈之大，无涯
一窟一世界，一佛亦连天下。
十七米大佛巨无霸，两厘米佛为微缩
政教合璧，佛心寄托了帝王心
掌上可跑马，胸抱容纳了
大漠草原，北岳太行，桑干黄河；
云冈之大，联动晋阳洛阳
折射出历史走向，民族交融与汉化。

6

此番我带着一颗
古稀沧桑心。和丧母的忧伤而来。
蓄着花白须发，在佛前默默
为母亲超度，也安放自己的心灵。
父母一生向善，从善如流
我的血液里也流着善心爱魂。
而红尘世上，却道德滑坡乃至
邪恶出手，谁人心壁没有斑驳伤痕！

云冈敬佛，总该悟得一点什么
莫说人之初，性本善、性本恶；
佛心向善，向善之人呵包括我
请拥真善美的阳光入怀
涤除内心的假恶丑，警惕滋生。

7

云冈之大，贯穿一千五百年史册
贯通古今沧桑，东西南北中。
云冈之大，链接中外游客
映现人心与世风。

让那些求神拜佛者，少一些索取；
让挥金祈佛保佑的贪官污商
少一些心理按摩；要拜就在

大佛菩萨前多一些忏悔吧！

仁爱，慈善，悲悯，普度众生

传统佛文化需要取其精华传承。

社会当然需要道德审判，需要

社会主义核心价值观铸魂，引领。

更须擎起民主、法治之旗

民心至上，推进中华梦落地昌荣。

8

泱泱神州王朝更迭，旌旗变幻

而文化绵延永存于世。

云冈，正是存活于武周山壁

以四十五座石窟，五万尊佛像镌刻的

通天巨碑；佐证公元 5 世纪

中华文明演进史上一部史诗。

云冈，也以历史与审美姿态

以世界文化遗产形象，面向人类。

君不见，中外游人如潮

连灰色的麻燕也在此自由翩飞。

重访云冈，我穿行在古今

佛界与烟火人间，频频叩动心扉。

2018 年 6 月上旬，大学毕业五十周年大同聚会采风而作

后 记

◎ 梁志宏

　　《俯首人间》这部诗集，是继 2014 年 6 月出版《行走的向日葵》后，从 2014 年至今创作、发表作品中所编的新诗选本。包括十二行半格律诗一百一十五首，自由诗五十五首，共一百七十首，约占这一时段原创诗歌作品的半数。这几年还写有几十首格律诗词及新古风，属于客串没有编选。

　　每次编选诗集，都是对某一时段创作的检视。上辑所选的十二行诗，倾向于抒写日常生活中的个体生命体验；下辑的自由诗，大多为贴近现实，表达时代精神和情思的作品。正如书名《俯首人间》所示，这部诗集呈现了我晚年的一种人生姿态和创作走向，包括诗歌形式上的探求。正值新诗诞生百年，我在诗路跋涉也达半个世纪了，如何写出与新时代匹配的优秀作品，是摆在广大诗人面前，也是我需要思考的重要命题。诗歌是人类情感和经验智慧的结晶。诗人是生活在众生之中而灵魂走在前头的人，诗中要有人间烟火，有世道人心，有风骨情怀，有自己真切的心跳、气血和呼吸。更为重要的是，诗人必须以诗意而非概念说教的方式加以呈现，需要在构思、意象、语言运用修辞上进行个性、深度和创新性的表达。我虽仍在努力跋涉，但年逾古稀想象力疲弱，且囿于习惯性的思维模式和语言表达方式，深感力不从心了。对我而言，坚持写下去主要是一种生存姿态，也是一种挑战。至于能否继续提升已无所谓了，顺其自然可矣。编选这部集子，是想为我诗路跋涉五十年后再度出发，留下一串继续行走的足迹，留下晚年生命与情感之河荡起的涟漪。

关于书序，不再劳驾师友耗神费力，想到近来几位行家里手为我写的评论，遂从中选了三篇对我的创作道路、诗意蕴含及形式探求方面有代表性的诗评，摘其要义作为代序。以此为读者提供一点资讯，应该是一个不错的选择。

在此谨向推出"北岳诗库"诗系的北岳文艺出版社的掌门人、向为我的第十五部诗集出版付出辛劳的主编与责编，表达一份由衷的敬意！

2018 年 5 月